JN198873

かぐや姫と菅原道真

私の「竹取物語」論

糸井通浩

和泉書院

龍谷大学図書館蔵

竹取物語 挿図カラー版

中川文庫本 2頁

三冊完本 13頁

＊「解説」本文一一八頁参照

縮約 中川文庫本 五七％

　　 三冊完本 四九％

＊丁数表記

（例） 二丁表→二オ

　　 二丁裏→二ウ

＊「三冊完本」は、安藤徹外編『かぐや姫と絵巻の世界』（武蔵野書院、二〇一二刊）で「龍谷大学本」と紹介されているものと同じ伝本。当編著には、当伝本を含む諸伝本（11本）による、詳細な（絵巻の）「場面・構図比較一覧表」を掲載していて、参考になる。

名を「さるきのみやつこ」と称する竹取の翁が竹から見つけた女の子を家に連れて帰り、養女として育てる。幼かったので「はこ」に入れて養ったが、やがて「すくすくとおほきになり」まさり、三ヶ月ばかりで「よきほどなる人」になった、その姿が絵（二オ）に描かれている。傍の男は、他の絵の衣服の色から判断して竹取の翁と分かる。絵の場面のことは、続く詞書（二ウ）に描かれている。

中川文庫本　上　（二オ）

中川文庫本　上　（四ウ）

髪上げをすまし、女の子の名を「なよたけのかぐやひめ」と名付けた（成女式）ころから世間の注目を集め、我がものにと思う男達が大勢翁の家に押しかけて来た。中でも「色好みと言はるる五人」が最後まで残った（詞書四オ）。絵（四ウ）に描かれた、庭に集う男たちはその内の三人かと思われるが、服装からは中流貴族以下の身分の男達と思われる。座敷にいるのがかぐや姫と翁。

中川文庫本　上　（八ウ）

絵（八ウ）は、衣服の色や模様からかぐや姫と翁が会話しているところと分かる。かぐや姫に求婚する五人の貴公子は「いづれもをとりまさりおはしまさねば」、誠意を見せる課題をそれぞれに課することになる。絵は、つづく詞書（九オ）に、そのことをかぐや姫に「おきないりていふ」と語る場面に当たる。そして、かぐや姫は、五人の一人一人に難題を課し、翁が五人に伝えるのであった。

中川文庫本　上（二オ）

一〇オ・一〇ウで石作り（いしつくり）の皇子（みこ）が「ほとけの御いしの鉢」と称する鉢をかぐや姫のところに持ってきたと語る。それにつづく絵（二オ）である。詞書（二ウ）では「かぐやひめやしがりてみれば」とつづく。絵で「踏み石」（沓（くつ）脱ぎ石）に上がり、しゃがんで白い袋を座敷にいるかぐや姫と翁に差し出しているのが石作りの皇子の使いであろう。4頁の絵の座敷とは異なる座敷である。

中川文庫本　上　（一八ウ）

絵（一八ウ）は竹取の翁の家の座敷で、翁がかぐや姫と語り合っている。前栽と踏み石は5頁の庭と同じであるが、「簀の子」（縁側）が異なる。むしろ4頁の座敷に一致するが、前栽の位置が異なる。絵（一八ウ）は、庫持の皇子が持ってきた「蓬莱の玉の枝」が、匠らの「奉る文」によって匠たちに造らせた、似せものであったことが判明したことを、かぐやひめが翁に報告しているところ。

絵（二三オ）に描かれた座敷は、構図が3頁、5頁の座敷に似ているが、沓脱ぎが石でなく板であることから、描かれた座敷の主人は左大臣阿部のみむらじで、絵は、依頼していた「火ねずみの皮衣」を商人王けいから預かったふさもりから受け取っているところ。絵につづく詞書に「このかはぎぬ入たるはこをみれば」とある。なぜか左大臣の袍の模様がかぐや姫のそれと同じ（3頁など）である。

中川文庫本　上　（二三オ）

中川文庫本　中　（二ウ）

「火ねずみの皮衣」が「めらめらと焼け」たことで、「かぐやひめはあなうれしとよろこびてゐたり」（以上詞書〈二オ〉）を受けて、絵（二ウ）はそのことを竹取の翁にかぐや姫が報告しているところ。踏み石や前栽及び造り山、そして「簀の子」の板の張り方など、2頁の絵にそっくりであるが、ただ両者は反転させた関係にある。2頁の絵を裏返して描けば、この8頁の絵となる関係。

左手に描かれた、垂纓（すいえい）の冠をかぶった男はこの屋敷の主人である大納言大伴御行（おおとものみゆき）で、その相手をしている二人の男は家臣と思われ、「龍の首の玉」を取りに行く旅立ちにあたって打ち合わせをし、必要な準備などを大納言が指図しているところか。注目すべきは、翁の家とは異なって、「簀の子」に高欄が描かれていることである。但し、7頁の左大臣の家には高欄が描かれていないのが気になる。

中川文庫本　中　（五オ）

中川文庫本　中　（八ウ）

絵（八ウ）から、大伴御行自ら船に乗って「龍の首の玉」を取りに出かけたことは、船に乗る船首の人物が9頁に描かれたとおなじ衣冠束帯の人物に描かれていることから分かる。波風荒れた海となり、船は今にも沈みそうになる。「神〈注：雷〉さへいただきにおちかかるやうなるはたつ（龍）をころさんともとめ給候へばある也」「はやても龍のふかする也」（以上九オ）という場面である。

中川文庫本　中
（二六オ）

絵（二六オ）は、中納言石上まろたりが「我物にぎりたり」と合図をしたので、まろたりの乗る「籠」を引き下ろした時、綱が切れて「やしまのかなへの上にのけざまにおち給へり」という場面を描いている。続く詞書（二六ウ）で握っていたのは「燕の子安貝」でなく、「古くそ」であったと語り、「かいなし」の語源譚となる。黒の袍を着て、垂纓の冠を付けているのが、石上まろたりである。

中川文庫本　中　（一八ウ）

絵（一八ウ）は宮中を描く。絵に続く詞書（一九オ）で、帝の使いである内侍の中臣房子（なかとみのふさこ）が竹取の翁の家を訪ねたと語るが、絵の屋敷には簀の子に高欄、廂（ひさし）の間に垂纓の冠を付けた貴公子たちが描かれていて、宮中を描いていると考えられる。奥の一段高い母屋の御（み）簾（す）に隠れていて、胡座（あぐら）かく足の部分だけ見えているのが帝であろう。階の下に控えているのが中臣房子か。房子を男の官人に描く。

三冊完本　上　（二ウ）

「さるきのみやつこ」という名の竹取の翁が、竹から見つけ出した女の子を家に連れて帰る。そして「いとおさなければ、はこにいれて養ふ」（詞書一ウ）を受けたのが絵（二ウ）である。箱に入れられた幼児を描いている。しかし、「はこ（箱）」を多くの校訂本・注釈書では、「こ（籠）」としている（但し、「こ」とする転写本は却って少ない）。「こにいれて養ふ」の「こ」には二つの意味が託されていたと解するからである。「子にいれて」つまり養女としての意味と「籠に入れて」つまり「籠」を揺り籠とする意とである。『竹取物語』には、様々な「言葉遊び」が散りばめられているのである。翁の左手には竹から得た「こがね」が握られているようだ。

三冊完本　上　（五ウ）

（六オ）

（五ウ・六オ）

五ウに描かれた三人の男は、垂纓の冠を付け束帯姿であることから、かぐや姫から難題を課された五人の貴公子のうちの三人（19頁の解説文参照）と思われる。六オには、左奥にかぐや姫、その前に貴公子たちの「ふみ」や「わびうた」を載せた三方があり、傍に翁と嫗が坐す。座敷の男達は使いの者であろう。

（一一オ）

絵は、奥にかぐや姫、その前に翁と嫗を描き、手前の貴公子たちは、例の色好みの五人であろう。詞書（九ウ）に「あるいはふえをふき」「あるいはうたうたひ、しやうが」をすると語られている。絵の次の詞書には五人の貴公子に難題を言い渡すことが語られている。三人目を「今ひとりには」とするのが注目される。

三冊完本　上　（一一オ）

（中二ウ・三オ）

見開き二頁で一枚の絵。左大臣阿部のみむらじの屋敷を描く。二ウの馬に乗る男は、左大臣の使わした「小野のふさもり」で、絵（三オ）の奥の間では、ふさもりが九州から馬で駆けつけ届けた、商人「王けい」の「ふみ」（報告書）を、脇息にもたれかかって見ているのが家主の左大臣である。

（上一六オ）

絵は、旅姿のまま庫持の皇子が「蓬莱の玉の枝」なるものを、竹取の翁の家に持ち来たった場面を描いている。左上にかぐや姫と嫗、手前に翁と赤い袍を着た皇子を描く。柱に隠れているのが玉の枝と思われる。築地の外で待機しているのは、皇子の家臣達であろう。巷では「うどんげのはな」を持ってきたと噂。

三冊完本　上　（一六オ）

三冊完本　中

（二ウ）

（三オ）

絵（七オ）の前の詞書（六ウ）で「火ねずみの皮衣（かわごろも）」が「めらめらとやけぬ」と語られ、かぐや姫が事前に左大臣阿部のみむらじからもらっていた歌（ふみ）への「かへし（うた）」を送ると、左大臣は「かへりいましにけり」と語るに続くのが、この絵である。

奥の間で皮衣を前にして、左大臣からの歌（ふみ）を読むのがかぐや姫、そばにいるのは嫗である。手前の間で向かい合うのが左大臣と翁。手前には、帰りに左大臣が乗る牛車と家来の男達が描かれている。

このあと詞書に「とけなきものはあへなしといひける」と「あへなし」の語源譚（「あへ」に阿部を掛けている）を展開する。

三冊完本　中　（七オ）

三冊完本　中　（二三ウ）

絵（二三ウ）は、「龍の首の玉」を取りに出かけた大納言大伴御行一行が嵐に遭遇した場面を描いている。船首に最も近く垂纓の冠を付け袍を着ているのが大納言で、その他は家臣達。上空には黒雲に乗った、鬼の形相の雷神が描かれている。

余談ながら、この絵巻では、五人の貴公子が袍の模様（柄）で描き分けられていると思われる。この絵の大伴御行の袍の柄は、14頁の絵で竹取の翁の家をのぞき見する貴公子三人の左端の人物のそれと同じであるから、この人物は大伴御行と判断される。同様にして14頁の赤い袍の貴公子は庫持の皇子（16頁参照）、右端の白っぽい袍を着たのは阿部の左大臣（17頁参照）だと考えられる。

三冊完本　中　（一九ウ）

絵（一九ウ）の場面は、前後の詞書きによると、司の官人「くらつまる」から「燕の子安貝」の取り方を教えてもらった中納言石上まろたりが、絵のあとの詞書「中なごんよろこび給ひて」と続くことから考えると、腑に落ちない絵であるが、脇息に寄りかかる石上まろたりと童姿の「くらつまる」と思われる。床の間に置かれた「帙」（冊子本）が東京大学本「竹取物語絵巻」にも描かれていて、脇息にもたれかかるのは明らかに男性の「まろたり」で傍に「くらつまろ（る）」らしい童が描かれている。しかし、本絵の脇息にもたれかかる人物は女性に描かれているのである。

絵（二ウ）は、詞書（一オ・一ウ・二オ）が語る場面の絵画化と見られる。かぐや姫の噂を聞いた帝は、「内侍中臣の房子」にかぐや姫を「まかりて見て参れ」と命じて、房子を使わす。竹取の翁の家にやってきた房子にかぐや姫は断固として会おうとしない。絵は、この場目を描いている。奥の間にかぐや姫が一人いて、手前の間に翁と媼が中臣房子と応対している。伝本によって、房子を男性として描くものと女性と描くものとがある。本絵では女性と捉えている。中川文庫本では男として描く（12頁参照）。

絵に続く詞書（三オ）で「此ないし、かへりまいりてこのよしをそうす。みかどきこしめして云々」と語る。

三冊完本　下　（二ウ）

（六ウ）

帝は翁の家が「山もとちかくなり。みかりみゆきしたまはんやうにて見てん」と直接かぐや姫のもとにやってきて対面する。その場面が絵（六ウ）になっている。左奥の間にかぐや姫と帝、簾を隔てて翁と嫗、そして帝についてきた、垂纓をかぶった貴公子含む家臣達。簀の子にかぐや姫を乗せる手輿（鳳輦（ほうれん））か。

（一二ウ・一三オ）

見開き二頁の一枚の絵。月からのかぐや姫を迎えに来る使者たちを阻止しようと、帝が遣わした宮中の武士達が大勢屋根に上がって迎え撃たんと控えている。左の隅の座敷には、かぐや姫を見守っている翁と嫗が描かれている。かぐや姫は「月のみやこの人にて父母あり」と素性を打ち明ける。

三冊完本　下

（一二ウ）

（一三オ）

三冊完本　下　（一八ウ）

絵の直前に月からの使者が「大空より人、雲にのりて降りてき」たことを語る（一八オ）。

絵の後の詞書（一九オ）では、一行が「飛ぶ車一、具したり」と言い、いよいよかぐや姫が月へと去って行くところでは「くるまに乗りて、百人ばかり天人具して昇りぬ」と語る。しかし、絵に描かれた、かぐや姫が乗っているものは手輿、あるいは四方輿と思われるもので、車輪（くるま）はついていない。

月へと帰る一行を見送る人達の右端の人物は、19頁の船に乗る大伴御行と同じ袍を着て垂纓の冠を付けているが、本文のこの場面に大伴御行は出てこないから、この人物は「頭中将」と思われる。

はじめに――刊行にあたって

本書は、物語の祖『竹取物語』は、死後北野天満宮に祀られ、学問の神となった菅原道真が大宰府へ左遷される以前に都で手がけた創作物語ではなかったかという、筆者が永年暖めてきた構想を、「京都新聞」紙上に37回に渡る連載によってその全体像をまとめ上げたものを本編〈かぐや姫と菅原道真〉としたものである。

もとが新聞のコラム記事であるという制約から、本文に「注」を付けることを避けたが、この度本書に採録するにあたって、当時参考にした、あるいは引用すべきであった文献や先行研究の論文などを「注」に示して、より読者に理解を深めて頂こうという配慮を施している。合わせて、本文の表現も多少修正したり、加筆や補筆したところがある。

『竹取物語』の作者は菅原道真である、という作者説をなす根拠を展開したのが、本編の「かぐや姫と菅原道真」である。それに対して、道真作者論を構築していく過程において「論」を支える幾つかの「トピック」に焦点を当て、ノートや論文を発表したりしてきたが、それらを纏めたのが〈探究ノート〉（『竹取物語』の時代背景――「享受の精神構造」を掘り起こす）である。もっとも新聞掲載の本編以後に執筆した記事も「参考」として採録しているが、いずれにしても〈探究ノート〉は、本編の理解を補助したり、さらに話題を深めるためのものである。

新聞掲載にあたっては、記者・野瀬雅代氏が担当して下さった。氏からは全体の構想や記事の記述に関していろいろアドバイスを頂いたし、掲載する記事に関係した遺跡などの写真撮影にお伴することもあり、大変お世話になった。ここに感謝申し上げる次第である。

また、当時京都新聞社の編集局次長・文化部長として活躍していた辻恒人君〈峰山高校勤務時代の教え子〉からも何かと励ましの言葉を頂いたことをありがたく想い出す。

目次

口絵　竹取物語　中川文庫本・三冊完本

はじめに――刊行にあたって

かぐや姫と菅原道真

1　「ものがたり」の誕生――初めて確立した「もの」の「語り」……三
2　作者未詳の意味――説話と違う特定作者の「表現行為」……七
3　道真作者説の可能性――主題・モチーフの関係から……一〇
4　成立時期――八七五―八九〇年を中心にその前後……一三
5　物語の時代と舞台――今は昔、大和に帝がおられたころ……一七
6　「竹取の翁」の名前――「讃岐のみやつこ」道真が重要な意味もつ……二二
7　讃岐守の時代――都を離れ「文学」に力注ぐ道真……二六

8 竹と忌部氏と讃岐——平安初期、氏族間の対立関係が……二九
9 竹林への思い——風雪に耐える竹に我が心託す……三二
10 命名の由来——既存のことば二つを合わせ……三五
11 二人の「かぐや姫」——〝違い〟にこそ語りたい主題が……三八
12 羽衣伝説の話型——一つは中臣氏ゆかりの始祖伝説……四一
13 丹後の羽衣伝説——「竹取」と同じ「地名起源譚」……四四
14 菅原氏の系譜——「埴輪」進言した野見宿禰を遠祖に……四七
15 土師氏と丹波（丹後）——巨大古墳築造にかかわる？……五〇
16 土師氏と間人皇后——「間人（はしひと）の」は、地名を称える枕詞……五三
17 大和王権と古代丹後——畿内以外で皇統と婚姻、丹後が初……五六
18 古代伝承の語り部——菅原系土師氏、皇統伝承管理か……五九
19 丹後の三大「前方後円墳」——築造は大和の設計規格に類似……六二
20 勘解由曹局——「文学工房」的な環境の中で……六五
21 『類聚国史』の編纂——百科事典の類、大変な作業……六九
22 月と物思い——『白氏文集』と深いかかわり……七三

23　八月十五夜の宴――「家忌」で廃止後も、特別な思い……七六
24　月と姮娥伝承――月への昇天のヒントに……七九
25　外宮の神と丹後――羽衣伝説の神、伊勢へ迎える……八三
26　伊勢外宮の神と月――穀物の神、酒の神、水の神……八七
27　外宮祭祀と忌部氏――祭祀成立に直接かかわる……九一
28　斎宮―伊勢と丹後――相似関係　いつきのみや……九四
29　糸で葺いた屋根――邸宅内部に設えられた寝屋……九八
30　大伴御行の漂流と遣唐使――遭難や通商の体験談、描写の元か……一〇一
31　「斑竹姑娘」の発見――『竹取物語』の原話ではない……一〇四
32　母は大伴氏の娘――作品の主題は姫の出生と昇天……一〇八
33　死による絶対的別れ――天上界と人間界の隔絶を描く……一一一
34　物語への飛翔――説話から「虚構の語り」へ……一一四
35　国風文化の開化と高揚――「うつし」の技法が生んだ成果……一一七
36　道真誕生伝説――「竹取」に似た道真の伝承……一二一
37　道真作者説の可能性――先祖に土師氏、月に詳しく……一二五

〔参考〕龍谷大学図書館蔵本・奈良絵本『竹取物語』解題
竹取物語（中川文庫本）……一二八
竹取物語（三冊完本）……一三一

〈探究ノート〉
『竹取物語』の時代背景——「享受の精神構造」を掘り起こす
1 表現素材の系譜論・機能論——『竹取物語』を中心にして……一三五
2 『竹取物語』の月と姮娥伝説……一四〇
（序）かぐや姫と月……一四〇
（一）外宮は月の神——姮娥・昇女の異名……一四〇
（二）観月の宴——八月十五夜……一四三
（三）日本における「姮娥」伝承……一四五
3 伏見稲荷の神々と丹後の神々……一四九
（序）はじめに……一四九
（一）「ウカ・ウケ」の系譜……一五一

（二）伏見稲荷大社の祭神構造……一五七
（三）丹後地方の祭神構造……一五八
〔参考〕丹後の式内社と祭神……一六五
4 羽衣伝説と「真名井」の道……一六八
（一）羽衣伝説の「真名井」……一六八
（二）羽衣伝説の「山の名」の謎……一七〇
（三）丹後古代氏族の根拠地——竹野と間人……一七二
（四）丹波と但馬……一七七
（五）真名井の移動と勢力の移動……一七八
〔参考〕羽衣天女……一八五
〔参考〕丹後半島、西から東へ……一八八
5 地名「間人」について——『はし』という語を中心に……一九一
（一）なぜ「間人」をタイザと読むか……一九一
（二）なぜ「間」が「はし」と読めるか……一九五
（三）「橋立」の意味と用法……一九八

(四)「タイザ」の語源を考える……二〇〇
〔参考〕間人皇后……二〇四

6 『竹取物語』作者圏と菅原道真……二〇七
(一)『竹取物語』の舞台……二〇七
(二)『竹取物語』の作者圏……二〇八
(三)道真と讃岐と竹……二〇九
(四)菅原の祖「土師氏」と古代伝承……二一二
(五)道真と「竹」……二一四
(六)余滴……二一六
〔参考〕竹野媛と丹波の五女……二一八
〔参考〕丹波(丹後)の語り部……二二〇

初出一覧……二二三
あとがき……二二五

かぐや姫と菅原道真

かぐや姫の物語として有名な『竹取物語』は、平安初期の成立だが、作者はわかっていない。だが作者が菅原道真であるとすれば――。道真の出自や文学活動、古代の丹後の伝承などから仮説を立て、その作者像に迫る。

1 「ものがたり」の誕生——初めて確立した「もの」の「語り」

「昔ばなし」「お話」などと使われる「はなし（話）」や「話す」ということばは意外に新しい語で、「（放つ）放す」から意味分化して定着するのが、室町時代末期と考えられている。胸の内にある思いを体の外にとき放つ行為も「はなす」という行為であった。では、それ以前、いわゆる「お話」のことや「話す」ことはなんと言っていたのかというと、「（もの）言う」「語る」「語り」などという言葉を用いていた。そこで、民間伝承の「昔ばなし」も「昔語り」と言うべきだという主張もある。

ただ、現代語で「はなし」という語が指し示す範囲は広く種々雑多で「かたり」をも「はなし」と言うことがある。それに対して「かたり」の方は、現在もなお用いられてはいるが、指し示す範囲は、かなり限定的であると言える。始めがあり終わりがある、そんな「かた」を持った、まとまりのある話を「語り」と言っている。その意味で、これから述べる『竹取物語』も「語り」の一つである。

平安時代中ごろに書かれた『源氏物語』に、「物語の出で来はじめの祖なる竹取の翁」（絵合の巻）とある。この「竹取の翁」が、今に伝わる『竹取物語』のことである。紫式部は、自らが書く『源氏物語』のような「語り」は『竹取物語』以前にはなかったと認識し、それ以前の「語り」と区別して「物語」と呼んでいるのである。『竹取物語』は、新しい「語り」の創造であった。

「物語」という用語自体は、『竹取物語』以前にも一、二例存在するが、[1] その実態は不明である。もっとも「語り」という語は存在した。「記紀」や「風土記」が、さらには『万葉集』が伝える神話や伝説など、「語り」は豊富に存在していた。しかしそれらを、紫式部は「物語」とは認めていないのである。では、同じ「語り」でも『竹取物語』には、それらと異なる、どんな新しさがあるというのだろうか。それを解くヒントの一つは、「語り」を限定している「もの」という言葉にあると、まず考えられよう。

しかし、「もの」とは何を意味するのか、をめぐってはいろいろな説があって、まだ定説がない。「大物主神（おおものぬしのかみ）」の「もの」、または「物の怪」の「もの」（霊的存在）に通じるとか、また「物語」の意味についても「もの」が語るもの、または「もの」を語るものと、両方に解されたりしているが、平安中期のころの「もの」という語の使い方、「ものがなし」「もののあはれ」といった「もの＋形容詞など形容語」言葉が盛んに造語されていることに、もっと注目してみる必要があろう。[2] いずれにせよ、精神的に何か心の奥深くにあるものを自由に「語る」ものであったように思われる。[3] 語法からみても、「ものが」でなく「ものを（について）」語る（文学）が「物語」であったと考える。

一方、『竹取物語』以前の「語り」は、「こと」の「語り」であったといってよいふしがある。神話にしても伝説にしても、現在（今）の事実を説明する「語り」という性質がある（筆者はこれを「ことがたり」と言う）。『古事記』は「ふること」を語ったものであり、現に「ことの語りごとも、こをば」（『古事記』歌謡）などとある。[4] これらに対して、「もの」について語る、「もの」の「語り」は、『竹取物語』で初めて確立したのである。[5]

注

（1）「石走る淡海県のものがたりせむ（物語為）」（『万葉集』一二八七）、「忘るやとものがたりして（語）心遣り」（同・二八四五）。

（2）「ものがなし」など「もの＋形容語」の「もの」をどう解するかについての私見は、「「こと」認識と「もの」認識—古代文学における、その史的展開」（『論集 日本文学・日本語 1 上代』角川書店、一九七八年）を参照。

（3）「神語り」「昔語り」「歌がたり」などの名詞の複合語の語構成からみて、「目的語＋語り」となるのが通例であるから、「もの語り」の「もの」は「語り」の対象（目的語）と見るのが良い。「宣長の研究」とは異なり、「宣長研究」の場合、「宣長」は「研究」の目的語に限定されるのである。複合名詞の後項が他動詞的名詞である場合の一般的な傾向である。

（4）藤井貞和『物語の起源―フルコト論』（ちくま新書、一九九七年）、同『物語文学成立史―スルコト・カタリ・モノガタリ』（東京大学出版会、一九八七年）に緻密な考察がある。

（5）「こと」「もの」及び「さま」の認識については、糸井通浩「日本語の哲学」（『日本語論の構築』清文堂出版、二〇一七年）を参照。

2　作者未詳の意味——説話と違う特定作者の「表現行為」

文学は、散文で表現するものと韻文で表現するものとに大別できる。前者を「ふみ」の文学、後者を「うた」の文学と呼ぶことにする。両者にはいろいろな違いがあるが、古代においては、近代には見られない大きな違いがあった。残されたテクストに、「うた」の文学では、「詠み人知らず」という言葉をみかけるが、「ふみ」[1]の文学にはそうした言葉は見られないのである。

「詠み人知らず」とわざわざ断るのは、「うた」というものが、常に誰（だれ）が詠んだ歌であるかということが大事な情報となる文学であったことを意味する。「詠み人」は表現（文学）を享受する上でなくてはならない情報であった。言うまでもないが、「詠み人知らず」以外の歌には、特定の詠者の名が記されているのが通例である。それに対して、「ふみ」の文学、とりわけ物語（文学）では、紫式部と作者が分かっている『源氏物語』などにさえ、テクストに作者名を記すことはなく、まして不明の場合、「作り人知らず」

と記すことも全くなかったのである。

もっとも「うた」の文学でも、いわゆる歌謡の類（たぐい）では、詠者が誰であるかは問題にされない。それは、「ふみ」の文学である説話や伝説、昔話などが、特定の誰かが作ったというものではなく、人々の間で生まれ語り継がれてきたものであったと同じように、人々の間で生まれ歌い継がれてきたものだったからである。しかし、特定の個人の作である場合、和歌文学ではその詠者（表現主体）が常に意識され、明示された。それに対し、物語（文学）では意識されることがなかったのである。

その意味で、『竹取物語』について「作者未詳」とするのは、近代になって「語り」の文学（物語や小説）においても作者が意識され明示されるようになってからの近代文学史的発想だと言えるかも知れない。一方、誰が書いたかなどとは意識されず、「語り」そのものが楽しまれてきた物語の作者について、その「未詳」を解き明かそうとすること自体、無意味なことだという主張も存在するのである。物語を読み解くのに作者は分かる必要もないわけで、『源氏物語』の作者が紫式部だと分かったこと自体、例外的なことだったというのである。

現在でも一つ一つの説話や神話・伝説等の「語り」については、「作者未詳」などとすることはない。しかし、近代になって『竹取物語』など「物語」については、「作者未詳」とするのは、この「語り」が、説話や神話・伝説と違って、特定の作者による表現行為の結果（産物）と認めているからである。つまり、この『竹取物語』という作品は、口頭で語り伝えられていた説話の類が単に書記化されたといったものでないと認められているのである。「作り物語」と言われるように、個人の営為によって創作されたものと認められているからである。

説話の類と『竹取物語』とには、明らかに違いがある。例えば、それまでの「語り」が、「昔」と始められたものを、『竹取物語』では「今は昔」と始めていること、また、登場する人物に、歴史上確認できる名前がつけてあること、「語り」が長編化していること、新しい主題性が読みとれることなど、特定の個人による営為（作品の創造）と思われることから、「作者未詳」という扱いになるのであろう。

注

（1）　ここの「うた」「ふみ」は根来司氏の用語を借用。但し漢詩や漢文体の散文を含まず、仮名文の韻文・散文を主に考えている。

3　道真作者説の可能性――主題・モチーフの関係から

「うた」の文学と異なって、「ふみ」の文学、とりわけ物語文学の多くの作品が作者は不明である。時代がたつうちに分からなくなったというものではなく、当初から誰が作ったかは不可欠な情報とはされなかったからである。それ故、作者が誰であるかを探ることは、作品にとってあまり意味のあることではなく、愚かなことだという学界の風潮がある。誰が作者だと言ってみても、それを証明する事実は出てこないだろうということもあろう。

ところが、一方漢文体で書かれた、「記」や「伝」と称する「ふみ」の文学では、例えば、都良香（みやこのよしか）の「富士山記」など、作品に作者が明記されていて、作者がわかるものが多い。つまり、和歌や漢文体作品が、文芸・文学として公に認められていたのに対して、物語などは俗なものとみられ、個人の名誉になるようなものではなかったからだと思われる。(1)

ともかく『竹取物語』は、平安時代になって整えられてきた平仮名を駆使して書かれた、和文の「語り」であり、しかも特定の作者の手によって造り出されたことは明らかである。

もとは、漢文体ないしは変体漢文体で書かれた作品だったという説があるが、それなら、作者は伝わっていたかもしれない。最近では、この原典漢文体説は、否定される方向にある。しかし、中国の文芸の影響を受けて、当時盛んにわが国でも書かれた漢文体作品の「語り」の世界に仮名文の『竹取物語』が影響を受けたことは十分考えられることである。

　さて、古来いくつかの作者説が提示されてきた。近年にも時折新しい説が主張される。それらの説に共通することは、『竹取物語』に用いられている用語や文体などからも納得できることではあるが、作者と想定されるのが、すべて男性である。作者を特定する説は江戸期からみられる。もっとも古くから指摘されてきているのが、源順（九一一―九八三）説である。確かに、順の博識による文化活動には、目覚ましいものがあった。しかも彼は、他の物語作者としても考えられている。

　他に、源融説や、かぐや姫の昇天に「天つ風雲の通ひぢ吹きとぢよをとめの姿しばしとどめむ」と共通

菅原道真を描いた「束帯天神像」（北野天満宮提供）

する思いがあることを重視した僧正遍昭説（岡一男）、斎部氏関係の一族の誰か（塚原鉄雄）、漆部氏の流れをひく人物では（阪倉篤義）、などとする説もあり、新しいところでは、紀貫之説がある。中でも注目すべきは、紀長谷雄説（三谷邦明）であろう。彼には、いくつかの漢文伝や「貧女吟」という作品があり、大伴御行の遭難シーンを思わせる「東大寺僧正真済伝」があることが、根拠とされている。[2]

さて、屋上屋を架してはならないが、作品のモチーフや主題との関わりがもっとも深い人物は誰かと考えるとき、以上見たいずれの作者説の作者とも異なり、はるかに深い関わりが指摘できる人物として、『竹取物語』の作者は菅原道真ではなかったか、という仮説の可能性を探っていくことにする。

注

（1）仮名文学、つまり和語による文芸では、「うた」系列の和歌のみが公的な文学（勅撰の対象になる）と認められていたが、その他は褻の文芸であった。平仮名は「女手」と認識されていた。

（2）紀長谷雄説は三谷邦明氏の説で、それを肯定的に捉える三谷栄一氏は、自身の著書『校注古典叢書　竹取物語』（明治書院、一九七六年）の「解題」で邦明説を補強する論を詳しく展開している。

4　成立時期――八七五―八九〇年を中心にその前後

作者を考えるには、いつごろ成立した作品と考えられるのか、作品の成立時期を絞り込む必要があった。もとより、成立を記録した文書はない。そこで、『竹取物語』自体の言葉や表現など、その内部から時代が限定できる証拠や、外部の証拠などによって、成立時期が推定されてきた。

『源氏物語』（絵合の巻）に、「宇津保の俊蔭」という物語の絵と合わせられた「竹取の翁（おきな）」（竹取物語）の詳しい描写があり、「絵は巨勢相覧（こせのおうみ）、手は紀貫之書けり」と説明している。「手」とは筆跡のことで、貫之はいわゆる詞書を書写したわけで、作者を意味してはいないが、紀貫之（八六八頃―九四五）の存命中には『竹取物語』は成立していたと伝えられていたことが分かる。

『大和物語』七十七段は、「たかとりの[1]よよに泣きつつ留めけむ君は君にと今宵しも行く」という歌の詠まれたいきさつを語る話で、この歌は、院の御所で八月十五夜の宴が催

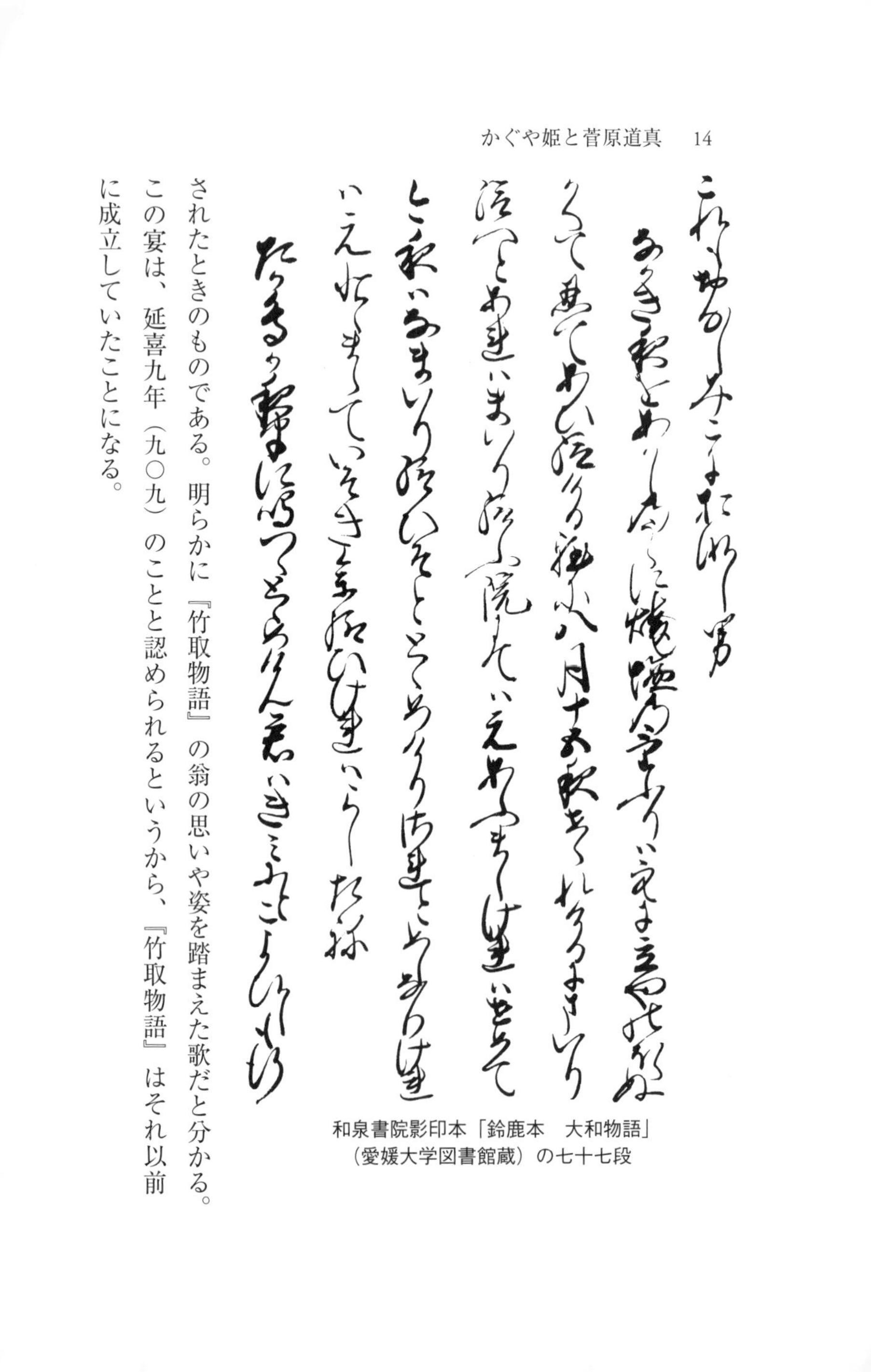

和泉書院影印本「鈴鹿本　大和物語」
（愛媛大学図書館蔵）の七十七段

されたときのものである。明らかに『竹取物語』の翁の思いや姿を踏まえた歌だと分かる。この宴は、延喜九年（九〇九）のことと認められるというから、『竹取物語』はそれ以前に成立していたことになる。

そのほか、富士山の煙について、『竹取物語』では、「いまだ雲の中へ立ち上る」といい、『古今集』仮名序では、現在は立たなくなっていると記すことなどを根拠に、成立時期の下限が推定されている。(2)

一方、上限についても、次のような根拠によって推定される。(3) 漢字の、万葉仮名のような借用の仕方を経て、一つの漢字全体をくずして書く草仮名やいわゆる平仮名が確立して、日本語(和文)が漢字仮名交じり表現で書けるようになって以後に『竹取物語』は書かれたと思われる。(4) また、『竹取物語』には十五首の和歌が詠まれているが、その表現上の技巧からみて、和歌史でいう六歌仙時代以降の詠み振りであると判断されること、かぐや姫が月に帰る日が、八月十五夜に設定されていることには、当夜において「中秋の名月」を愛(め)でる習慣が、ある程度進んだ時期(5)以降に書かれたと思われること、などである。

以上から、現在もっとも有力視されている時期は、貞観(じょうがん)末年頃から仁和年間頃までを中心とした時期、西暦で言えば、八七五―八九〇を中心にその前後の時期ということになるようだ。この点で、もっとも古くからある源順(みなもとのしたごう)(九一一―九八三)作者説は除外されることになる。紀貫之も、八九〇年には、まだ二十歳そこそこで、作者とするには若すぎるように思われる。菅原道真(八四五―九〇三)は、先に示した期間にぴったり当てはまり、この点では、作者の候補に残るのである。

注

（1）岩波日本古典文学大系本によるが、当伝本などは「の」であるが、鈴鹿本その他は「が」とする。「たかとり」をどう捉えていたかに違いがあったことを意味する。「の」「が」の違いについては、〈探究ノート6〉の注(2)参照。

（2）「今は富士の山の煙もたたずなり」(『古今集』仮名序)。

（3）ここに記載のない「頭中将」に関しては、上限を推定する上で重要事項であるが、次の5で触れる。

（4）「語り」とは言っても、ここでは口頭言語（伝承）を文字化したものを意味するのではなく、書記言語として創作されたものである。

（5）所謂「観月の宴」の初見については、23において述べる。

5　物語の時代と舞台——今は昔、大和に帝がおられたころ

それまでの、「昔」と語り始められた「語り」と違って、『竹取物語』が「今は昔」と「語り」を始めたのは新しい試みであった。「今」とは、「語り」を語る現在、言い換えれば読者の現在である。

「今は昔」を、読者に対して「あなたは、これから語る話の時代にすでにタイムスリップしていますよ。今は昔です」と語っているのだと解する説があるが、無理であろう。「今となっては、もう昔のこと」と解するのがやはり妥当と思われる。[1]「昔」をことさら「今」と対立的な時として意識している。「昔」のことをことさら「今」のこととは切れたものとして捉(とら)えているのである。[2]それによって、現実ではありえないような伝奇的な内容(はなし)を語ることを可能にしている。事実よりも真実を重視する、つまり虚構性の獲得であったと言ってもよいであろう。

では、「昔」という「時」とはどれくらい遡(さかのぼ)ったころがイメージされていたのか。かぐ

や姫に求婚することになる五人の貴公子たちが、その名前から、壬申の乱で大海人皇子（後の天武天皇）の側について活躍した功臣たちであったと分かることから、大和に都のあった時代ではないかと考えられる。しかし、いずれ詳しく述べるが、「かぐや姫」という名は、もう一時代前に存在したと伝えられる人物の名前である。ところが一方、物語中に「頭中将」と呼ばれる人物が登場するが、[3]この職階は、蔵人所の別当を補佐する長官で、この蔵人所が設置されたのは、平安時代の弘仁元年（八一〇）のことである。こうみると、「昔」を限定的に捉えることはむずかしく、ただ漠然と大和に帝がおられたころがイメージされていると考えるのが穏当であろう。

　では舞台（所）はどこに想定されているのであろうか、竹取の翁は、どこに住んでいたのだろうか。一番の手がかりとされるのが、「御狩のみゆき」の段にある帝の言葉「造麻呂が家は、山本近かんなり（山のふもとに近いところである）」である。この「山本」を普通名詞とみるか、固有名詞とみるかで捉え方が異なってくる。多くの学者は、普通名詞とみて、山のふもとに近いところ、つまり、狩りするにふさわしいところ（御狩野）と解釈している。

　一方、固有名詞とみる解釈もあって、『和名類聚抄』の「山城国綴喜郡山本郷」（現在の京田辺市三山木あたり）を当てる。この地は、和銅四年（七一二）に「山本駅」[4]が置かれたところでもあり、歴史的な地名である。実は「かぐや姫」の名を持つ女性が「大筒木垂根王」を父とするという、垂仁天皇をめぐる系譜伝承があり、「筒木」は「竹」を意味するとともに、地名「綴喜（郡）」を指していると捉える。

この固有名詞説を否定することはできないが、ただ『竹取物語』の文脈では、翁の家が「御狩のみゆき」に都合のよい場所であることが言いたくて述べているところである点、また「山本」そのものが翁の家のある所と言っているわけではなく、その近くだ[5]と言っている点にも注意したい。

「昔」を漠然と大和に帝がおられたころとイメージするなら、舞台も大和とみるのが穏当であろう[6]。

平城京に通じる主要道に置かれていた「山本駅」旧跡を示す石碑（京田辺市三山木）（京都新聞提供）

注

（1）「語り」の冒頭における「昔」「今は昔」の違い、及びその他物語の冒頭の史的展開については、塚原鉄雄『新修竹取物語別記』（白楊社、一九五三年）及び、同『王朝の文学と方法』（風間書房、一九七一年）に首肯しうる解釈が論じられている。語りの（今・ここ）との関係において、「昔」とする規定は「非今」（「今」ではない）を、「今は昔」であると「反今」（「今」とは異なる）を意味したのではないか。

（2）「むかし（昔）」と「いにしへ（古へ）」の区別は、後世曖昧になってくるが、古くは明確な区別があったと思われる。語源的には、「今」との関係において「むかし」は「向かう方向（「し」は方向を意味する接辞、時の場合、過ぎ去った時の意）」を意味し、「いにしへ」は「往に＋し（過去の助動詞「き」の連体形）＋へ（辺、時の場合「ころ（頃）」の意）」で、時の経過を共有する事態について今とは異なる状態にあった、かつての時を示すときに用いた。「いにしへ」は遠い昔、以前（近い過去）のように時間の経過を意識してはいるが、「むかし」は漠然とした過去を表わす。その意味では「むかし」の方は、「今の事態」とは時の経過を共有しない過ぎた時のことを言うことが一般で、それ故「非今」を語る「語り」では「むかし（昔）」を用いることになったと考えられる。「記紀」の「昔」の用法についても、そのような理解で解することができるだろう。

（3）「かぐや姫の昇天」の段末に「壺の薬をそへて頭中将呼び寄せて奉らす」とある。ただ、「少将高野（大国）」とあるべき所で、「中将」は「少将」の誤写ではとする説もある。

（4）山城の「山本駅」は七一一年に設置（『続日本紀』）、平城京を出発点とする、北陸道・山陰道

（丹波道）の最初の「駅（うまや）」であった。

（5）「山本」は「山辺」とほぼ同義の語で、ここでは、狩り場にふさわしい野を意味している。

（6）竹取の翁の住まいを『和名類聚抄』にみる「大和国広瀬郡散吉郷」を、その舞台と想定することについては8でふれる。

6 「竹取の翁」の名前――「讃岐のみやつこ」道真が重要な意味もつ

『竹取物語』は、「今は昔、竹取の翁（おきな）といふ者ありけり」と始まる。さらに、一文を置いて「名をば讃岐（さぬき）のみやつことなむ言ひける」(1)とある。「竹取の翁」（「竹取」「翁」とも）は通常の呼び名で、全篇通して用いられているが、一方、「讃岐のみやつこ」の方は、帝（みかど）や月の王とおぼしき人が登場する場面でのみ用いられていて、そこでは「みやつこまろ」とある。「名をば」とあるように、こちらは本名であったと思われる。それは、「みやつこまろが家」のように、「の」でなく「が」を用いていることからも推察できる(2)。

この本名を現在の多くの注釈書は、「讃岐のみやつこ」と読み解いているが、実は、現在伝わる伝本には、「さぬき」「さるき」「さかき」の三種があって、揺れている。中で、むしろ「さぬき」とする伝本は数本に過ぎなくて、多くは「さるき」「さかき」である。

にもかかわらず「さぬき（讃岐）」と読み解いて校訂するのはなぜか、それをまず確かめておく必要がある。

九世紀末に成立したと推定される『竹取物語』であるにもかかわらず、現在伝わる伝本は、古いものでせいぜい十六世紀末のものである。ただし、南北朝――室町初期の断簡数葉が発見されている。

作品の成立期と現存伝本の製作期との長い空白期間に、どういう変化をたどったのかは推測するしか手がないが、[3]まず、筆写する上で書体の類似性から、「る」と「か」はよく誤写された。しかも「る」から「か」への誤写が起こりやすかったと言われる。絵巻や奈良絵本の形で残る伝本もあるが、その多くは、「さるき」であるようだ。「さるき」から「さかき」が生じた可能性が高いことになる。

では、「さるき」と「さぬき」の関係はどうなるか。

同じような例に、「敦賀（つるが）」が「つぬが」とも呼ばれて、「角賀」「都奴賀」と書かれた例がある。「ぬ」と「る」の音の似かよりに因るのだろう。また「讃（サン）」の字を、日本語の「さる」に当てることもあったであろう。[4]讃岐地方の古代伝承に「讃留霊王（さるれいおう）」という人物が出てくる。「猿尾（さるお）」とも言われたが、もとは「讃」一字で「さる」の音を示していたのかもしれない。「―ン」という音の漢字を「―る」の日本語に当てたものには「駿河（するが）」「群（くる）馬（ま）（今の群馬（ぐんま））」「敦賀」などがある。とすると地名「讃岐」の文字を「さぬき」と読まず

「さるき」と読み誤った可能性もある。

「讃岐のみやつこ（まろ）」は姓と名からなっている。「讃岐」という姓は、『新撰姓氏(しょうじ)録』などに存在が確認できる。また、「かぐや姫」の名付け親「みむろどいむべのあきた」の「忌部(いむべ)」氏は讃岐国に縁のある氏であったし、『古事記』の系譜伝承では、「かぐや姫」なる人物の叔父に「讃岐垂根王(さぬきのたりねのおおきみ)」がいることなどから、「さぬき（讃岐）」と読み解くのが妥当である。すると、菅原道真が讃岐の守(かみ)を歴任していることが重要な意味をもってくるのである。

注

（1）『竹取物語』本文の引用は、岩波文庫本によるが、筆者によって表記や言葉を校訂したところもある。岩波文庫本（武藤本）では「さかきのみやつこ」とある。

（2）古代では、格助詞「が」「の」の使い分けには、かなり明確な区別があった。人名の「姓名」の「姓」には「の」が下接した（「在原の朝臣」など）が、「名」には「が」が下接した。「みやつこまろが家」と「が」であることは、「みやつこ（まろ）」が「姓」ならぬ「名」であったことを意味する。

（3）『源氏物語』絵合の巻に『竹取物語』のあらあらの筋が窺えるが、現存の本文内容に矛盾していない。その他『大和物語』始め、「かぐや姫」や「竹取の翁」に触れる物語類の記述や『風葉和歌集』に載る「かぐや姫」の歌やその詞書の内容、さらには、『花鳥余情(よせい)』（一条兼良）の「たけとりのおきな」の項にみる「あらすじ」などにも現行の本文と大きな矛盾はみられない。

（4）漢字の音（及び訓読みの音）のみを借りて日本語の音（音節）を示す文字に用いたのが「万葉仮名」である。但し、漢字は一音節語で、その漢字音を日本語の二音節に用いる場合を二合仮名と言う。例えば、隠オン（on）を「おに（鬼）」に当てるなど。また、子音の「N」は類似音の「R」になりやすかった。例えば、群馬が「ぐぬ（ん）ま」とも「ぐるま」とも。讃（san）は「さぬ」にも「さる」にも当てられる可能性があったのである。

7　讃岐守の時代――都を離れ「文学」に力注ぐ道真

『竹取物語』の作者として菅原道真を思い描くようになったのには、次のような事情があった。愛媛県松山市に住んでいた時である。そのころ京都で『日本のなかの朝鮮文化』という雑誌が出ていた。編集者の鄭詔文氏から、讃岐（香川県）の中の朝鮮文化を調べて原稿にして欲しいと頼まれたのが、そもそものきっかけであった(1)。

讃岐の朝鮮文化と言えば、まず何よりも、朝鮮式山城の一つと言われている「城山」を訪ねなければならなかった。松山から約三時間、急行に乗って坂出市まで行き、「城山」には歩いて登り、山頂の石積みの遺跡などを確認してまわった。この「城山」のふもとに、讃岐国の国府があったとされるのである。

道真は、仁和二年（八八六）四十二歳の年、讃岐守として現地に赴いた。都を離れて、地方で生活することは、道真にとって初めてのことである。しかも三代続いて文章博士を勤めた家の伝統からすれば予想外の人事で、たとえ讃岐の国が格の低い国ではないにしても、道真には「左遷」に近いものと受け取られたにちがいない。中央の政治から遠ざけられたことで、おのずと道真は「文学」に力を注ぐことになったようだ。『菅家文草』巻三・四は、ほぼ讃岐守時代に詠んだ漢詩に溢れている。在任中の詩は約百四十首に及ぶ。精力的な文学活動であった。中でも、「寒早十首」は有名で、山上憶良の「貧窮問答歌」（『万葉集』）と好一対をなすとも評される。任地では、民衆の立場や境遇を理解しようとする「良吏」であることを心がけた。地元の資料が伝える話では、旱魃に見舞われた年、民の願いを受け入れて、道真が「城山」の神に祭文と雨乞いの歌を奉げたところ、みごと雨をもたらしたと言う。

旱魃に見舞われた時に、道真が雨乞いをした場所と伝えられる城山明神原遺跡（坂出市教育委員会文化振興課提供）

香川県の郷土資料「山崎村綱敷天満宮縁起」などによると、秦久利を始め秦氏の人たちや平雅倶など地元の人々との交流のあったことが分かる。特に秦久利とはねんごろな関係にあったらしく、「しばしば中間郷秦久利の家に遊ぶ、秦氏男なく唯一女ありければ、菅氏の族を養ひ嗣となす」とあり、秦氏と姻戚を結んだとする話になっている。後に道真が大宰府に左遷された折の伝承にも秦久利が登場する。また、讃岐の秦氏からは、平安初期に著名な明法博士も出ているのである。

「陶村正　八幡宮」の祭神由来記に、こんな話もある。道真が滝宮の別荘に遊んだ時、「叢林」(2)に「光気」あるのを見つけて、その傍によって見ると、一人の「神童」がいて「私は熊野の権現である。汝が来るのを長らく待っていた。里人の守護のために、私をこの地に祀れ」と道真に言った。そこで「菅公」が祠を建てたのだという。まるで、竹の中から生まれるかぐや姫を思わせる伝承である。

注

(1) 糸井通浩「讃岐の秦氏とその遺跡」(『日本の中の朝鮮文化』35号、朝鮮文化社、一九七七年)。

(2) 「叢林」は「藪」に同じ、ここでは「竹林（やぶ）」のことか。

8　竹と忌部氏と讃岐——平安初期、氏族間の対立関係が

「竹取の翁」というと、『竹取物語』の専売特許のようになっているが、この呼び名は既に『万葉集』（巻十六）の長歌にみられる。竹取の翁が丘に登った時に、九人の女人と出会って歌を詠みかわす話で、『竹取物語』と内容の上で直接の関係はない。しかし、翁の名のモデルないしはヒントにはなったと思われるが、なによりも『竹取物語』は一人の女子の竹中生誕譚であるところに、モチーフの点で、大きな特色がある。

竹から生まれたかぐや姫、その名は、「みむろど忌部のあきた」が名付け親となってつけたもの。「忌部のあきた」は、きっと「讃岐のみやつこ」（竹取の翁）と同族という設定であろう。忌部氏（平安時代以降、斎部氏とすることが多い）の拠点の一つとして讃岐の国がある。大同二年（八〇七）に斎部広成が著わした『古語拾遺』に、「手置帆負命が孫、矛竿を造る。その裔、今分かれて讃岐の国に在り。年毎に調庸の外に、八百竿を貢る」とあることはよく知られている。

竹から生まれた「かぐや姫」。京都各地にある美しい竹林が物語を彷彿とさせる

讃岐の地誌『西讃府誌』の「上高野村・下高野村」の項に「高野ハ竹野ナリ。竹田トイエルガ郷内ニアルニテモシラルルナリ。生駒記ニ曰ク、竹田村、此里当国忌部荘トテ、殊勝ノ地ナリ」とある。

さて、『和名類聚抄』には、大和国広瀬郡（現在の奈良県広陵町）に「散吉郷」があるが、そこが「讃岐のみやつこ」の家のある場所と設定されているとする有力な説も、こうした背景を踏まえている。讃岐の忌部の一部が移住して開いた土地であったと考えられるからである。『延喜式』（神名帳）によると、同じ広瀬郡に式内社「讃岐神社」がある。『日本三代実録』からは、「散吉大建命神」「散吉伊能城神」という神の存在が知られる。また、同郡の「於神社」と同じ名の神社が讃岐の鵜足郡に「宇閉神社」、苅田郡に「於神社」と存在することも注意される。いずれも式内社。

忌部氏は、古くから宮廷と密着し、その祭祀(さいし)関係に中臣(なかとみ)氏と共に従事してきた名門氏族であった。しかし、中臣氏の方から出た藤原氏が政治的勢力を強めていくにしたがって、宮廷祭祀が、いつか中臣氏の方に集中していくようになり、忌部氏の方は軽んじられ落ちぶれていく、その不満を訴えたのが、先に示した『古語拾遺』であった。
帝(みかど)の勅使として、竹取の翁の家に遣わされたのは、「内侍(ないし)中臣房子」であった。かぐや姫の名付け親が忌部氏で、帝の代理が中臣氏であるという、この設定に、平安初期の両氏族の対立関係が踏まえられているように読めて面白い。「房子」の名に「藤原良房」(1)が読みとれるという説もある。

注

(1) 藤原一族を牽引する藤原北家(ほっけ)の長、皇族以外の人臣で初の摂政になった人。『竹取物語』の絵巻や奈良絵本で「中臣房子」を男に描くものと女に描くものとがある。

9　竹林への思い——風雪に耐える竹に我が心託す

菅原道真は、讃岐守の任期も終わろうとする冬の夜、眠れないままに、九首の漢詩を詠じている。その一つ「不睡」は、こういう内容の詩である。「眠れぬまま目がさえて、一晩をすごした。東の京にある留守宅のことが思い出されてつらくなる。竹林、花苑のことを、今ではすっかり忘れている。そう言えば、この七月、嫁にやった娘に子が生まれたのだったなあ」と。

「竹林」とは、京の自宅の庭にある群竹。菅原家の代々の私塾「菅家廊下」のそばに植えられていたもので、道真の「書斎記」によると、すぐ近いところに一株の梅があり、それから東の方に少し離れて、「数竿の竹」があったという。比較的若いころの詩「侍廊下、吟詠送日」に、友人が訪ねてくると、家の「旧き竹林」を案内して労ったと詠んでいる。「旧き」とは、昔の七賢の竹林に擬えたことを意味する。

讃岐に赴任してきてから、一度この竹林のことを思い出して詩に詠じている。題は「思家竹」。中国の王子猷（おうしゆう）が人気のない空宅に竹を植え、これを一日とて見ないでは過ごせないほど、心から竹を愛したという故事を引いて、我が思いを詠んでいる。『菅家後集（かんけこうしゅう）』にも「雪夜、思家竹」と題する詩がある。こちらは、左遷されて住む九州大宰府から都の我が家を偲んだ長詩である。「この君に遠く離れ別れにき」（「この君」とは、王子猷の故事から、「竹」のこと）と詠む。

菅原家の屋敷跡の北側部分にある北菅大臣神社（京都市下京区）。道真公の父の是善卿をまつる
（京都新聞提供）

古代の当時家の庭に竹林のあることは珍しいことではなかった。すでに『万葉集』にも、「我が園の竹の林に鶯（うぐいす）なくも」「我が宿のい笹（ささ）群竹」などとある。しかし、道真の、我が家の竹林に寄せる思いには格別なものがあった。「新竹」という詩では、旧家から株分けしてまだ小さい竹園が、今年生えた竹で立派になったことを喜び、竹を切って釣りする爺さんの釣り竿にしようと詠む。源　能有（みなもとのよしあり）が我が家の竹を株分けして貰ってくれたことを喜んでいる詩もある。

道真は一体、竹というものにどんなイメージを抱いていたのか、それも彼の作品から読みとることができる。「疎竹」という詩には、「愛すべし、孤叢の意。貞心、我早く知る」とあり、「竹」という題では、「寒霜、もし払ふべくは、万歳、貞堅を表しなむ」と詠む。竹の心を、貞潔な心と捉え、冬の厳しい霜を払いのけることさえできれば、いつまでも縁を保ち、まっすぐであることができる、という意味である。他の詩でも竹の本質を「孤貞の節」とか「(細くても)能く貞心を守る」などと捉えている。大宰府で詠んだ、先の「雪夜、思家竹」では、雪の重みで折れた竹のことを、まっすぐな心をもったまま空しく折れ曲がっているのだ、貞潔な心のまま甲斐なくも割れ裂けているのだ、と詠んでいる。[1]

かぐや姫が生まれた竹は、「真竹」と見るのが定説。[2] もっとも庭園の竹は、淡竹だったかもしれない。

注

(1)「抱直自低迷　含貞空破裂」(直を抱きて、自ら低れ迷ふ。貞を含みて、空しく破け裂けぬ)(『菅家後集』四九〇「雪夜思家竹」の一節)。

(2) 孟宗竹を連想しやすいが、孟宗竹の道元導入説を是としても『竹取物語』誕生の頃には日本になく、孟宗竹が日本に広がったのは江戸以降と言われている。

10 命名の由来——既存のことば二つを合わせ

竹から生まれた女の子には、「なよたけのかぐや姫」という名がつけられた。「なよたけの」と枕詞のような修飾語をつけている。竹から生まれた子であることを意識しているからで、竹のなよなよと撓うイメージによっている。『万葉集』の歌には、「なよたけの」「なゆたけの」が「とをよる」（しなやかなしぐさをする意か）に掛かる枕詞として使われている。

「竹取の翁」という呼び名がそうであったと同じく、「かぐや姫」という名も、既に『竹取物語』成立以前に存在していた名で、『竹取物語』の専売特許とは言えない。さらには、後世にも、小野宮実資が溺愛した娘に「かぐや姫」という名の女子がいた。『大鏡』は、「いかなる人か御婿になり給はむとすらむ」と述べているが、ここに『竹取物語』が踏まえられていることは明らかである。実資の娘のことはさておき、『古事記』の垂仁天皇記の皇統譜に「迦具夜比売命」という女性が存在していることに注目しなければならない。(1)

『竹取物語』の「かぐや姫」がこの名にヒントを得ているのは、否定できないだろう。もっとも『日本書紀』の垂仁天皇紀には記録されていない女性である。現在では「記紀」と並び称されるが、平安時代になって、『日本書紀』は正史の第一として認められたのに、『古事記』は正史とは認められなかった。いわゆる「六国史」には数えられていないのである。そういう『古事記』の伝える系譜伝承から女主人公の名を借りてきた『竹取物語』の作者は、周辺に追いやられた資料にも精通していた人物であったにちがいない。その意味で菅原道真が、歴史資料や古代の氏族伝承に詳しい人物であったと言えることにも注目したい。

　古代の女性の名前の付け方には、いくつかのパターンがある。その中で、「―ひめ（姫・媛・比売）」と「―め（女・売）」とには、出自の層の違いがみられ、前者が上層の女性に、後者は中・下層の女性に付けられた傾向があるという[2]。「竹取の翁」は下層の人と解することが多いが、「かぐや姫」は上層に見立てられていたことになる。

　よく似た命名法による名に、「木（こ）の花の咲くや姫」がある。「木の花の」が「咲く」に意味的に連なっている。とすると、「なよたけの」も「かぐ」に意味的に連なっていると考えるべきであろう。「かぐ」は、「かがよう」「たまかぎる」「かぎろう」「かげ」（光の意の場合）などの語の元にもなっている動詞と考えられ、光り輝くの意味であったとみてよいであろう。若い竹の肌がつやつやと光を反射する様子を思い描いたのではないか。

「なよたけの」「かぐや姫」ともに既に存在したことばであったが、この二つを結びつけて、「なよたけのかぐや姫」としたところに、作者の新しい工夫があったと考えられる。

注

（1）　11及びその「垂仁天皇の系譜」（三九頁）参照。

（2）　角田文衛『日本の女性名（上）』（教育社歴史新書、一九八〇年）。

11　二人の「かぐや姫」――〝違い〟にこそ語りたい主題が

『竹取物語』の「かぐや姫」という名が、『古事記』の「迦具夜比売（命）」にヒントを得たものと考える根拠は、『古事記』の系譜伝承で、「迦具夜比売」の父が「大筒木垂根王」であること、「筒木」の文字面は「竹」を意味し、「垂根」が地に根を張った竹を思わせるのである。その子が竹から生まれた「かぐや姫」である。そして叔父に当たる人物が「讃岐垂根王」であることによる。あたかも、「讃岐のみやつこ」（竹取の翁）が竹から生まれた「かぐや姫」を養女にした関係を連想させる。

さらに『古事記』の語る系譜をたどっていくと、「かぐや姫」の父の父の母が「竹野比売」であることが分かる。「竹野比売」は、開化天皇の妃となった人で、「旦波の大県主由碁理」（後に丹後と呼ばれるようになる地方を拠点としていた豪族の首長）の娘である。

ところで、父の「大筒木垂根王」は、その「筒木」が地名の「綴喜（郡）」にも通じる表記であることから、京都府綴喜郡、今の京田辺市あたりを本貫地としていただろうと推定されているが、十分考えられることである。とすれば、「迦具夜比売」もその父のもとに住んでいたということになる。しかし、『古事記』の「迦具夜比売」と『竹取物語』の「かぐや姫」とは、異なる人格である。つまり、『竹取物語』という作品は、『古事記』の「迦具夜比売」をモデル（あるいは、主人公）にして歴史物語を書いたというものではないのである。

『古事記』の「迦具夜比売（かぐや姫）」は、『竹取物語』の女主人公を「かぐや姫」という名にする上で、ヒント、またはその意味でのモデルになったにすぎないが、むしろ作者は、読者に『古事記』の「かぐや姫」を積極的に思い起こして欲しかったと思われるのである。このことは、「竹取の翁」についても言える。すでに『万葉集』に、その名がみられるが、『竹取物語』の「竹取の翁」は、『万葉集』の「竹取の翁」とは、別人格であることは明らかである。

『古事記』の垂仁（すいにん）天皇の段では、「迦具夜比売命」が、垂仁天皇の妃

(第九代)開化天皇（かいかてんのう）
(丹羽（たにわ）)竹野比売（たかのひめ）
比古由牟須美命（ひこゆむすみのみこと）
(第十代)崇神天皇
大筒木垂根王（おおつつきたりねのおおきみ）
讃岐垂根王（さぬきたりねのおおきみ）
(第十一代)垂仁天皇
袁耶弁王（おざべのおおきみ）
迦具夜比売命（かぐやひめのみこと）

垂仁天皇の系譜

となって、「袁耶弁王(おざべの)」という御子(みこ)をもうけていることを記す。ところが、『竹取物語』の「かぐや姫」は、帝(みかど)の求婚さえも拒否してしまう。そして、結婚することなく月に帰っていくのである(先に、作者は読者に『古事記』の「かぐや姫」を積極的に思い起こして欲しかったと述べたが、それ故にある意味で読者の期待を、作者は裏切っていることになるとも言えよう。それが実は創作の手法であったかと思われる)。作者にとっては、この違いにこそ意味があったに違いない。ここにこそ、主題として語りたいことが秘められていたのだと考えるべきだと思われる。

さて、「かぐや姫」をめぐって、垂仁天皇にまつわる伝承が関わってこざるを得ないのだが、垂仁天皇をめぐる伝承と菅原家とには深い歴史的関わりがあったのである。

12 羽衣伝説の話型――一つは中臣氏ゆかりの始祖伝説

『竹取物語』は、主な登場人物の名を、既に知られていた名を借りてきてつけている。このことが、語りの筋立てに関しても指摘できるのである。こうした方法を、「典拠」とか「引用」とか呼ぶ。また『竹取物語』が、難題譚(たん)や羽衣伝説など、既に知られていた伝承のいろいろな型(話型)を踏まえていることはよく知られている。(1) ここでは、特に羽衣伝説との関係を取り上げることにする。羽衣伝説は、世界的に分布していて「白鳥処女説話」の名でくくられる。

文献に残る、日本最古の羽衣伝説が二つある。一つは、滋賀県余呉湖あたりを伝承地とする「伊香(いかご)の小江(おうみ)」の話で、もう一つは、京都府北部を舞台とする「奈具社」(京丹後市弥栄町)の話である。共に、八人の天女が水浴びしていたところ、一人の天女が衣(羽衣)を盗まれて、天に帰れなくなってしまう、という話型をもつ点で共通している。しかし、それ以外は話型を異にしている。前者は始祖伝説型の語りで、後者は申し子譚的な語りで

余呉湖。周辺には羽衣伝説が残る

あると区別できる。
「伊香の小江」の話は『帝皇編年記[2]』に記録されているもので、『(近江国)風土記』の逸文とは断定できないが、それに類する古い話と考えられる。伊香刀美という男が一人の天女の羽衣を盗んで隠し、そのため天に帰れなくなった、その天女と結婚することになる。神婚神話の一種である。やがて、意美志留、那志登美という二人の男子と、伊是理比売、奈是理比売という二人の女子と、四人の子をもうけるが、天女は羽衣を探し出して、天に帰ってしまう。日本の各地に語られている羽衣伝説は、この余呉湖の話に近いものが多い。

注目すべきは、四人の子どもたちのことを「伊香連等が先祖、是なり」と語っていることである。つまり、始祖伝説になっているのである。神の子を授かる話には二つの型がある。この近江の羽衣伝説のように神と結婚して、子を授かり、その子が始祖となるという場合が一つ。丹後の浦嶋子(うらのしまこ)の伝説も、「日下部首等(くさかべのおびとら)が先祖」という筒川の嶋子の話で、本来始祖伝説であった。

もう一つは、直接神から子を授かるという場合である。丹後の「奈具社」の話は、この例になる。一寸法師や桃太郎、瓜子姫の話なども、神から直接子を授かった話[3]とみることができ、後者の例。そして『竹取物語』もこの型に属する。

ところで、主人公「伊香刀美」、その名は中臣系図にでてくる「伊賀津臣(いかつおみ)」と同一人物とみられ、また、同系図の「梨津臣(なしつおみ)」が「那志登美」に該当すると思われることなどから、伊香連と中臣氏とが同族であると見られている。むしろ中臣氏が伊香連の支流であったのだとみる説もある。さて、今は「伊香の小江」の羽衣伝説が、忌部(いむべ)氏とはりあった中臣氏に縁の深い話であったことに注目しておきたい。

注

（1）典拠や踏まえられた話型、また引用された文献を「プレテクスト」という。

（2）岩波日本古典文学大系本『風土記』の注記によるが、一般には『帝王編年記』とする。

（3）「神からの授かり子」とも。「真空の乗り物」に乗ってやってくる神の子、と説明されたりする。いずれも小さ子神でもある。「申し子」譚にも結びつく。

13　丹後の羽衣伝説――「竹取」と同じ「地名起源譚」

「古事記裏書」などに、『丹後国風土記』の記事として記録されている羽衣伝説がある。いわゆる「風土記」逸文である。「和奈佐」という名の老夫婦が、比治(ひじ)山（京丹後市峰山町の磯砂(いさなご)山）(1)の頂きにあった「真奈井」で水浴びしていた八人の天女のうち、一人の衣を盗んで隠し、天に飛び帰れなくした後で、「吾は子なし。請(こ)ふらくは、天女娘、汝、子となりませ」と懇願し、天女を養女とするのである。これは、老いて四十歳を超えても、子のない夫婦が神仏に願って子を授かるという、中世に多くみられる申し子譚(たん)につながる話型である。

共に暮らすこと十数年、天女の醸す酒が老夫婦に富をもたらし、翁(おきな)の家は豊かになった。すると老夫婦は「汝は吾が子にあらず、しまらく仮に住めるのみ、早く出で去(い)きね」と、天女を追い出してしまう。やむなく天女は、泣き泣き比治の里を去り、荒塩の村、哭木(なきき)の村、そして奈具の村へと川（竹野川）をくだって漂泊する。奈具の村に至って、やっと心が落ち着いたと言って、ここに留まったという。こうした筋書きと『竹取物語』の大筋、竹取の翁夫婦と「かぐや姫」の出会いと別れとの間に類似性が認められるのである。しかし、同じく養女になったといっても、羽衣伝説では、無理やり養女にさせられたのに対して、『竹取物語』では、月の都で罪を犯したかぐや姫を、地上の翁夫婦が押し付けられるように養女にしたのである。この違い[2]に注目したい。

他の「風土記」の伝説にも見られるが、この「奈具社」（京丹後市弥栄町）の話でも、天女が川に沿って漂泊する各地で、その土地の名の謂（いわ）れが語られる。話の型としては、「地名起源譚[3]」という。広くは、言葉の語源説話と言ってよい[4]。『竹取物語』は、この型をも取り入れているのである。五人の貴公子の各エピソードの終わりやその他話の節目に、それはみられる。そして『竹取物語』の最後は、まさに「富士（山）」の地名起源譚で締めくくっているのである。

天女が最後に留まった「奈具」という村の名も、天女が「心なぐしくなりぬ」（心が落ちついた）と言った言葉によると語っている。天女はここで社に祀（まつ）られる。奈具神社（式内社）（八八頁参照）と言う。その神の名は「豊宇賀能売命（とようかのめのみこと）」。この神は、伊勢の外宮の神（豊受大神（とようけ（とゆけ）））である。伊勢の祭祀（さいし）伝承についても、『竹取物語』とのかかわりを考えてみるしろ近江の伊香の羽衣伝説と同じ型の話である。
家にはもう一つの羽衣伝説が伝えられている。(6) 狩人の三右衛門が天女と結婚する話で、む
昔の比治の里にあたる村に、現在「七夕さん」と呼ばれる家（安達家）があって、その
必要があるように考えている。(5)

注

（1）この山は「一山四名」と言い、「比治山・足占山・磯砂山・真名井が嶽」と四つの名を持つと言われる。「比治山」については、今の「久次嶽」（元は咋石岳）とする説もある。また、比治山（今、菱山とも）峠と呼ばれる峠もある。「菱山」の表記は、「じ」「ぢ」が同音化して以降（江戸以降）の表記であろう。
（2）また「別れ」の理由も異にする。一方は老夫婦から離縁され、一方は老夫婦が望まないのに余儀なくされた「別れ」であった。これも読者の期待を裏切っている点で、「語り」の手法であったか。
（3）「風土記」編纂の詔勅に付された記述内容の一つの「山川、原野の名号の所由」、つまり地名の起源・由来を記せという条件に従ったものである。
（4）例えば、多くの男がかぐや姫を我がものにしたいと夜ごとおとずれたことを語るが、そこで「さる時よりなむ「よばひ」とは言ひける」と「呼ばひ―夜這ひ」の語源譚としている。
（5）本書25～28で述べる。
（6）本書「〈探究ノート4〉〔参考〕羽衣天女」に「あらすじ」を紹介している。

14 菅原氏の系譜――「埴輪」進言した野見宿禰を遠祖に

菅原道真の曾祖父は、もと土師宿禰古人と称した。菅原氏は土師氏の一族であった。天応元年（七八一）古人たち同族のものが、即位まもない桓武天皇に改姓を申し出て、菅原姓を名乗ることが認められた。菅原とは、居住地にちなんだ名前である。

奈良時代には、土師氏は主な四つの支族に分かれていたが、菅原以外の土師氏も続いて改姓を願い出て、大枝（後の大江）氏、秋篠氏などを称することになった[1]。そして、桓武天皇の外祖母土師宿禰真妹の一族である土師氏が延暦九年（七九〇）大枝朝臣と氏姓を改めた機会に、菅原氏や秋篠氏も朝臣を賜っている。

菅原氏の居住地は、『和名類聚抄』にみる「大和国添上郡菅原郷」で、今の奈良市菅原町のあたりであった。式内社菅原神社や菅原寺（喜光寺）がある。

古人たちが天皇に差し出した上表文で、土師氏の遠祖として誇らしく取り上げている人物に、野見宿禰がいる。始祖の「天穂日命」から数えて十四世孫にあたると述べている。

京都府加悦町の古墳公園（現与謝郡与謝野町）
埴輪のレプリカがサークル状に並ぶ（京都新聞提供）

垂仁天皇の頃の人で、わざわざ出雲から呼び出されて、大和の強力として知られた当麻蹶速と相撲をとらされたが、相手の肋骨や腰の骨を折って勝ったという伝承はよく知られている。この勝ち方からすると、とても今の相撲とは言えないが。相撲を取った場所は、奈良県桜井市にある穴師大兵主神社の境内で、カタヤケシと呼ばれているところと伝えられている。今も小さな相撲神社の祠がある。二人の取り組みがこの世の相撲の始まりと語られていて、『類従国史』によると、その日が七月七日であったことから、後には相撲節会が七夕の行事の一つとなっている。

さて、こうして垂仁天皇に仕えることになった野見宿禰について、もう一つ重要な伝承が『日本書紀』に伝えられている。いわゆる「埴輪伝説」と言われるものである。垂仁天皇は、弟倭彦命の埋葬の際、近習の者を生き埋めにして殉死させたが、数日間埋められたまま死ねずにうめき泣く、殉死者の声を耳にして、深く悲しんだ。それから四年後、妃の日葉酢媛の埋葬にあたって、天皇は群臣に「殉死は、痛ましいことだ。なんとかやめる手立てはないか」と相談した。すると、野見宿禰が出雲国から土部（土師部）たちを呼び寄せて、自ら指揮して埴土で人や馬などの形のものを造らせ、「これらを、生贄にする人々に代えて陵墓にお立てになっては」と天皇に進言した。天皇はいたく喜び、以後これをもって埋葬の風習としたというのである。この土物を埴輪という。

『日本書紀』は、「是、土部連等、天皇の喪葬を主る縁なり。所謂野見宿禰は、是土部連等が始祖なり」と記している。

埴輪の始まりは、日葉酢媛の陵墓からであったと言うのである。日葉酢媛は丹波（後の丹後）から、垂仁天皇のもとに嫁いだ女性であったことに注目したい。

注

（1）土師氏の「四腹」と言われる。もう一腹は「毛受（百舌鳥）腹」と言う。河内の百舌鳥地区を中心に居住していた土師氏である。改姓せずそのまま「土師」また「土部」などと名乗ったという。15参照。

15　土師氏と丹波（丹後）――巨大古墳築造にかかわる？

土師氏は、土師連として多くの土師部を率いて、陵墓の造営や葬送儀礼に携わっていたと考えられている。

菅原系土師氏の居住地であった近くに、垂仁（天皇）陵（奈良市菅原町・前方後円墳）がある。その周濠の池の中に菅原神社と刻んだ石柱が立てられている。また、垂仁天皇の妃であった日葉酢媛の陵が近くにあることも注目される。日葉酢媛陵は、野見宿禰の埴輪伝承の陵墓であった。延暦元年（七八二）秋篠姓を許された秋篠系土師氏の居住地は、今秋篠寺のある奈良市の北部秋篠あたりであったと考えられ、近くに成務天皇陵や神功皇后陵を含む佐紀盾列中期古墳群がある。

もう一つ土師氏の居住地と見られているところがある。河内国志紀郡の道明寺（藤井寺市）あたりで、「土師の里」と呼ばれているという[1]。そこは、巨大古墳応神天皇陵を中心とする古市誉田古墳群に隣接する所である。道明寺は、もと土師寺と称していたという。

延暦九年（七九〇）土師宿禰真妹は、大枝朝臣と改姓を許されたが、大枝氏系は、毛受腹と呼ばれた土師氏の一支族で、居住地は和泉国百舌鳥（堺市）であったと考えられている。そこは、仁徳天皇陵や履中天皇陵を中心とする、中期の大古墳群が存在するところである。

『日本書紀』が、土師連等は「天皇の喪葬を主る」と述べているが、以上見てきた、土師氏のそれぞれの居住地に隣接する天皇陵は、その地の土師氏の造営によるものと考えられる。すると、地方に存在する大型古墳についても、その地方にいた土師部がその造営にかかわっていたと見ることができるのではないか。丹後・丹波地方にも土師部がいたことが知られている。

『和名類聚抄』に、天田郡土師郷（福知山市）がある。今「はぜ」と呼ぶが、土師部の居住地であったに違いない。土師川[2]もある。雄略天皇の時、朝夕の御膳を盛る清器を造らせるために土師部が召集されたが、丹波国からは天田郡の土師部が遣わされた[3]のだろう。

また、「土師の天神さん」と呼ばれる天満宮があり、もちろん菅原道真を祀っている。全国に広まった、単なる天神信仰によるものではなく、この地が菅原系土師氏の居住地であったからではないかとみられている。市内には、式内社庵我神社（今は八幡宮と呼ぶ）

があり、元の祭神は、土師氏が始祖神とする天穂日命だったと考証されている。『新撰姓氏録』にも「奄我、天穂日命之後也」とある。

さて、なによりも、丹後国竹野郡に土師部が存在していたことが、平城宮址出土の木簡で知られることに注目しておきたい。木簡に「丹後国竹野郡間人郷土師部乙山中男作物海藻六斤」とあるのである(4)（二〇五頁参照）。

この木簡は、間人郷に住む土師部の男が、朝廷に「海藻六斤」を献上したときに荷物につけた荷札であったと思われる。

竹野郡の土師部と天田郡の土師部とがどんな関係にあったのかは不明であるが、丹後地方の巨大古墳築造に、天田郡の土師部もかかわっていたのかもしれない。

注

（1）高取正男『日本を創った人びと4　菅原道真』（平凡社、一九七八年）による。

（2）河川名は、そこを流れる地名をつけることが多い。「土師川」は天田郡土師郷を流れる川であったことを意味する。現在地名も川名も「土師」は「はぜ」と称する。

（3）「贄土師部」と呼ばれた。

（4）奈良文化財研究所の「木簡データーベース」による。昭和四十年に発掘された。

16 土師氏と間人皇后――「間人（はしひと）の」は、地名を称える枕詞

先の〔15〕で丹後の竹野郡間人郷（京丹後市丹後町）に土師部（はじべ）がいたことを確認した。その郷名「間人」は、今はタイザと呼ばれるところだが、難読地名の一つである。この地名の由来を説く話にまつわって、聖徳太子のお母さん「間人皇后（はしひと）」の伝承が当地に伝わっている。大和における蘇我氏と物部氏との仏教をめぐる争いの難を避けて一時期、間人皇后が間人郷に滞在されていたというのである。やがて大和の都が平穏を取り戻すと、皇后はこの地から「退座（たいざ）」、大和へ去っていかれた。そこで皇后をあがめて、地名に「間人」の文字を残し、これをタイザ（退座）と呼ぶようになったというのである。[1]

「退座」なら漢語である。しかし、当時地名は和語であるのが普通で、漢語（字音語）の地名はよほどのことがないと考えられない。そこで、タイザは、「なぎさ（渚）」（穏やかな海辺の意）に対する「たぎさ」（凸凹した険しい海辺の意）という語が[2]、音便化して「たいざ」となったものと見る説[3]がある。「たぎま（当麻）」が「たいま」となった大和の

地名の例もある。「なぎさ」「たぎさ」、いずれの「さ」も「磯」の意だという。

筆者自身は、もと「たゐさ」であっただろうと考えている。「たゐ」は「田居」「田井」で「田」（処）を意味する古語で『万葉集』などにも例があり、また地名にも「田井」が存在する。「さ」は、地名語を構成する語で、「わかさ」「かさ」「よさ」「なぎさ」などの「さ」に通うものと考えることができる。そして、「磯」の意の語とも考えられる。しかし、以上のような推論で「たいざ」の語源が明らかになったとしても、では、なぜ「間人」の文字（表記）が「タイザ」と読めるのかについてはまだ説明できていない。

「間人」と書く地名は他所にもあり、皇后の名など人名（氏族名）にもあるが、和語としては「はしひと（はしうど）」と読むのが一般であった。(4)「はしひと」は「土師人」を意味したのではないだろうか。もしそうであるなら、竹野郡間人郷は土師部の居住地を意味していたと考えられる。とすると、「飛鳥（とぶとり）の明日香（あすか）」から「飛鳥」を「あすか」と読むように、「間人（はしひと）のたゐさ（あるいは、「たぎさ」）」から「間人」を「たゐさ・たぎさ→たいざ」と読むようになったと考えられるのである。つまり、「間人の」は地名（「たゐさ」、あるいは「たぎさ」）を称える枕詞（まくらことば）であったと見ることができる。(5)

間人皇后は、『古事記』では「間人穴太部王（はしひとのあなほべ）」と表記されているが、『日本書紀』では、

「泥」と同じ意味の「埿」の字を当て「埿部穴穂部皇女（はしひとのあなほべ）」とも記されている。弟も「埿部穴穂部皇子」と書いた。この「間人＝埿部」からも「はしひと」は土部（はじべ）（土師部）に通うことばであったと見てよい。間人郷は、本来は「はしひと郷」と呼ばれたところであったに違いない。氏族名にも間人連などがみられるが、地名の間人郷も含め、土師部との関係を考えてみるべきであろう。

今、式内社竹野神社（京丹後市丹後町）の前の海岸に、間人皇后と聖徳太子の母子像が立っている（二〇四頁参照）。竹野神社につづく西の丘は、大型古墳の神明山（しんめいやま）古墳である。

注

（1）「対座」と表記する文献（『一色軍記』）もある。

（2）古語「たぎたぎし」（道などが凸凹した状態）の「たぎ」、「さ」は「なぎさ（渚）」などの「さ」で、海辺の地を指す接辞か。

（3）吉田金彦『京都滋賀　古代地名を歩く』（京都新聞社、一九八七年）。

（4）「間」を「はし」と訓むについては、糸井通浩「地名『間人』について―『はし』という語を中心に―」（京都地名研究会編『地名探究』創刊号、二〇〇三年）、本書〈探究ノート5〉。

（5）地名「間人」についての語源研究は、糸井通浩「古代文学と言語学」（『古代文学講座1　古代文学とは何か』勉誠社、一九九三年）及び本書〈探究ノート5〉参照。

17　大和王権と古代丹後——畿内以外で皇統と婚姻、丹後が初

『古事記』や『日本書紀』が伝える、神武天皇以後の皇統譜において注目される一つに、丹波（後の丹後）の勢力と大和の王権との結びつきのことがある。大和を中心とする畿内以外の土地で、大和の皇統と婚姻関係を結んだ最初は、丹波の地（特に後に丹後国となる地域）であったと言えよう。第九代開化天皇から第十二代景行天皇の間の皇統伝承に丹波の地が色濃く関わっているのである。

「記」によると、開化天皇は、丹波の大県主由碁理の娘「竹野比売」を娶っている。生まれた御子を比古由牟須美命というが、その子が大筒木垂根王で、「かぐやひめ」の父であり、その弟に讃岐垂根王がいることは先にも触れた（三九頁の系図参照）。

第十代崇神天皇のとき、「四道」に「将軍」が派遣されたが、その四道の一つが丹波であったことも注目される。[1]「紀」によると、丹波に遣わされたのは、開化天皇の孫に当たる丹波道主命（「記」では、その父日子坐王）で、王は、丹波の河上摩須郎女を娶っている。

郎女は、今の京丹後市久美浜町（もと熊野郡）が出生の地と推定されている。[2]

次の第十一代垂仁天皇の時、いっそう丹波（後の丹後）とのかかわりが色濃くなる。垂仁天皇の皇后狭穂姫は、実兄の狭穂彦王が謀反を起こしたとき、板挟みになって苦しみ、その結果自害するに至るが、死に際して、自分の後の妃に丹波国にいる五人の女を「志並びに貞潔し」と言って推奨する。それを垂仁天皇は、受け入れることになる。

この五人の女こそ、河上摩須郎女との間に生まれた、丹波道主命の娘たちであった。第一が日葉酢媛である。そして第五は竹野媛と言った。以上は「紀」によったが、「記」では女の名や人数、それに伝承に多少の違いがある。しかし、いずれも長姉の日葉酢媛が垂仁天皇の皇后になったという点では共通している。先にも触れたように、日葉酢媛の陵は大和の佐紀盾列古墳群に位置し、土師氏の祖野見宿禰の埴輪伝承で語られている陵であった。

天皇は、第二から第四の三人の女性は妃として大和に残したが、第五の竹野媛は、「かたちみにくし」という理由で丹波に追い返してしまうのである。媛はそのことをとても恥じ、帰り路の葛野（京都市右京区）で自ら輿から落ちて自害する。そこでその地を「おちくに」（堕国・弟国）というのだと地名起源譚になっている。今の「乙訓」の由来譚である。竹野比売（媛）の名は、間人郷を含む丹後国竹野郡の「竹野」に由来するとみられている[3]。

次の代の景行天皇や倭姫命（やまとひめのみこと）などが、日葉酢媛の生んだ御子たちであり[4]、伊勢神宮の創祀伝承において丹波（丹後）と伊勢とにかかわる人物たちであることが注目される。

注

（1）四道将軍の派遣先について、「記」は「旦波国」と記し、「紀」では「丹波」と記している。これらを、他の方面については「―道」と記しているのと同列に解するなら「丹波道」の意味、つまり「丹波」とは、「但馬」も含む「―道」に相当する広域の地名だったことを意味している。

（2）「河上」は熊野郡川上郷（『和名類聚抄』）の「川上」とみられ、郎女の属する豪族は、その現在の「須田」地区に拠点を持っていたと推定されている。近隣の湯船坂二号墳からは金銅装環頭太刀や金具、馬具などが出土して注目を浴びている。

（3）丹後には二人の「竹野ひめ」がいたことになるが、二人とも召されて大和へ赴いたが、ともに丹後に戻った、あるいは戻されたという共通点がある。

（4）日本武尊（やまとたけるのみこと）は、日葉酢媛の孫ということになる。

18 古代伝承の語り部——菅原系土師氏、皇統伝承管理か

ここまで『竹取物語』のモチーフのヒントになったと思われることに触れてきた。一つには、『古事記』に伝えられる「かぐや姫」が、丹波（後の丹後）の豪族と姻戚関係のある垂仁天皇の妃であったこと。また、『竹取物語』が丹後の羽衣伝説（神話伝承）の話型を踏まえていると考えられることなどである[1]。では、これら丹後にまつわる古代伝承は、一体誰が語り伝えていたのだろうか、この観点から考えてみたい。

丹後に語り部がいたことは、『延喜式』（巻七、践祚大嘗祭）によって知られる。大嘗祭（天皇即位後最初の新嘗祭）の祭儀に各地から「語部」が召集されたが、「美濃八人、丹波二人、丹後二人、但馬七人、因幡三人、出雲四人、淡路二人」であったと記されている。それぞれの国の語り部がどういう人たちであったか、その実態は、それほど明らかにされているわけではない。しかし、少なくとも大嘗祭の儀式の内容にかかわることを語ったものと考えられ、特に聖水や天の羽衣などに関していたであろうと解く説がある[2]。

垂仁天皇陵とされる宝来山古墳（奈良市尼辻西町）
（京都新聞提供）

丹後については、まず『和名類聚抄』に「丹後国竹野郡鳥取郷」（京丹後市弥栄町）があることに注目すると、そこには、垂仁天皇と沙本比売（「紀」は狭穂姫）の御子である「本牟智和気」（「記」による）の伝承を語り伝えた鳥取部がいたと推定される。この御子は、大人になるまで口が利けなかった人であったが、諸国をめぐってやっと捕らえた鵠の鳴く声を聞いて、口が利けるようになったという伝承の主人公である。鳥取郷には、羽衣の天女が祀られた奈具神社のある船木の里が含まれている。

また、開化天皇から垂仁天皇までの系譜に深くかかわる丹波道主命を中心とした皇統伝承を語り継いだ語り部が、丹後国竹野郡竹野郷（京丹後市丹後町）あたりに存在したであろうという推定もなされている。

筆者は、これまで土師氏のことや、丹後と大和の王権のかかわりを語る古代伝承にこだわって述べてきたが、土師氏――土師部がこれらの丹後にまつわる伝承の管理ないし継承にかかわっていたのではないかと考えるからである。そして、先祖が土師氏である菅原家がそれを継承していたのではないかと想像する。菅原系土師氏は、その居住地から垂仁天皇陵や日葉酢媛陵（六三頁参照）の造営と葬送儀礼に直接かかわったと推定されるが、単に埋葬事業に関わっただけではなく、垂仁天皇をめぐる皇統伝承などをも管理・継承していたのではないだろうか。丹波・丹後に居住していた土師部は、大和の土師氏と深くつながっていたと考えてよいであろう。

菅原道真は丹後の羽衣伝承や垂仁妃「かぐや姫」の存在のことなどを、想起しやすい環境にあった。つまり、こうした点でも、『竹取物語』が語る作品世界を構想しやすい氏族的環境に道真は存在していたのである。

注

（1）なお、道真が「竹」と縁の深い「讃岐国」の国司となり、実際に現地に赴いている事実が、『竹取物語』誕生に大きく関わったと考えることは充分可能だろう。

（2）井上辰雄『古代王権と語部』（教育社歴史新書、一九七九年）。

19　丹後の三大「前方後円墳」——築造は大和の設計規格に類似

丹後地方には、三大古墳と称される特筆すべき前方後円墳がある。京丹後市網野町の銚子山古墳、同丹後町の神明山古墳、加悦（京都府与謝郡与謝野町）の蛭子山古墳である。なかでも前者二墳は、京都府内のみならず日本海側において一、二を争う巨大な古墳で、古代史解明の上で注目を集めている。これらは古墳時代前期後葉の築造とみられている。およそ四世紀末から五世紀にかけての頃に当たるという。丹後には、その他にも黒部銚子山古墳（京丹後市弥栄町）など注目すべき古墳は多く、また古墳群も多く存在しているが、ここでは、銚子山古墳と神明山古墳に焦点を当てて、これまで指摘されていることを述べてみたい。後者は特に式内社竹野神社に隣接している古墳で、丹波道主命の拠点であったと思われる竹野川流域（河口右岸）に存在していることが注目される。

大正期に本格的な研究や調査がなされるようになった時から、これら巨大古墳を中心に大和の古墳との関係が話題にされてきたようだ。それというのも、先に見てきたように、古代の皇統伝承において、丹後地方の豪族と大和の王権――特に開化天皇から景行天皇にいたる皇統――とに深い関係があったと見られるからである。

丹後町の神明山古墳と奈良市の日葉酢媛陵（佐紀陵山古墳）との類似性が指摘されたことがある。それは特に古墳の構造や副葬品に類似性があると判断できるということからであった。ただ、神明山古墳については、本格的な発掘調査がなされたわけでなく、偶然露出した埋蔵物などによる判定である。

日葉酢媛陵とされる佐紀陵山古墳（奈良市山陵町）
（京都新聞提供）

　最近では、古墳の型をモデルプラン（設計規格）と言うようだが、京丹後市網野町の銚子山古墳については、昭和六十、六十一年に調査がなされ、その結果モデルプランとして奈良の日葉酢媛陵と類似した墳型モデルであると指摘されている[1]。日葉酢媛は、丹波道主命の娘で垂仁天皇の皇后になった人、その陵は、土師氏――

菅原系または秋篠系か――が築造にあたったと思われる。とすると、丹後の巨大古墳の築造にあたった技術者集団が、大和の土師氏となんらか連携プレイする関係にあったと考えてよいことになろう。丹後・丹波に土師部の居住していたことは先に見た。

しかし、話ができすぎてはいないかという疑問から、以上のようなモデルプランの類似性を認めることに疑義を唱える研究者もある。発掘調査がさらに進まなければ、まだ方向性の見えてこない問題かもしれないが、古代伝承に関してのみでなく、まさにそれを物的に証明する考古遺物の面でも、大和と丹後を繋ぐ可能性はまだ残されているように思われる。むしろ今は、銚子山古墳と神明山古墳、この二つが同系列の技術者集団による築造ではないかと言う指摘があることに注目しておきたい。

注

（1）三浦到氏は「（丹後の）三大古墳とヤマトの古墳との築造企画の関係については岸本直文氏の研究があり、蛭子山古墳と網野銚子山古墳は佐紀陵山古墳型で、神明山古墳は五社神古墳型と考えられている。佐紀陵山古墳も五社神古墳も奈良市の北部にある佐紀盾列古墳群中の大王墓であり、丹後の王と佐紀地域に葬られた大王との強い結びつきが類推できる」と述べている（「乙訓・丹波・丹後の古墳時代」森浩一『京都の歴史を足元から探る〔丹後・丹波・乙訓の巻〕』学生社、二〇一〇年）。右の「佐紀陵山古墳」が、日葉酢媛陵と伝承されている陵墓である。

20 勘解由曹局――「文学工房」的な環境の中で

菅原道真が作り手として『竹取物語』を構想し執筆するに至ったとすると、その文学的環境を考えてみるとき、道真が勘解由曹局(1)の長官を歴任していることは取り上げなければならないことがらだと思われる。

平安時代になって、特に地方官（国司）の交代を円滑にする目的で、いわば人事監督官の役目を持った勘解由使が任命されることになったが、その役所が曹局（事務局）とよばれた。道真はその長官になったことがあったのである。讃岐守の任期を終えて数年後、宇多天皇が即位されると道真は特に重んじられるようになり、寛平五年（八九三）には参議になっている。そして同年勘解由曹局の長官にも就き、約二年間勤めた。

勘解由曹局は、当時のまさに「文学工房」と言ってもよいところと説明する学者がいるが(2)、けだし名言だと思う。例えば浦嶋伝説の、漢文体による「伝」である『続浦嶋子伝記』は、その巻首に記された注記によって、承平二年（九三二）の四月に勘解由曹局にお

浦嶋子伝説の伝わる宇良神社（浦嶋神社）
（京都府与謝郡伊根町）（京都新聞提供）

いて、もとの浦嶋子（うらのしまこ）の伝記に加注——増補されて成った作品であることが分かる。こうした文学活動が勘解由曹局では行われていたことを物語っている。

研究者によると、『官職秘抄（かんしょくひしょう）（下）』などから、この曹局の役人には、「良家子」であり「文章生」上がりの学者たちが多く任命されていることが分かると言う。おそらくここに集まった紀伝道（文学や歴史を学び、作文を習う道）を専攻した学生や文人たちによって、中国大陸や朝鮮半島からもたらされた典籍などに関する情報や国内に伝わる各地の古代伝承、氏族伝承といったものに関しても情報交換がなされたことであろう。また創作された漢文伝などの披露といったこともなされる雰囲気——環境にあったと想像される。そこで「文学工房」などと喩（たと）えられたりもするのであろう。

例えば、『和名類聚抄』の編著者の源順が、『竹取物語』をはじめ、『宇津保物語』などさまざまな物語の作者に擬されているのも、彼が文章生の後、長年にわたって勘解由曹局に勤務していたという経歴が深くかかわっているに違いないと考えられる。

このように勘解由曹局の長官や次官を勤めた人には学者流の家の人たちが多いと言われるが、土師氏から菅原氏に改姓後、紀伝道の学者流の家となっていった菅原家一族においても、道真ばかりでなく父の是善をはじめとして勘解由曹局に勤めた人は多い。また、嵯峨源氏や忌部氏も勘解由曹局と無縁ではなく、曹局という場を通じて菅原家や大江家といった学者流との交流があったであろうと推定されてもいる。

文学工房といっても、当初は漢詩や漢文体の「伝」を中心としたものであったであろうが、『竹取物語』といった仮名(和文)の物語作品も、道真一人による発想で生まれてきたものと見るより、こうした文学工房において、「物語」誕生の環境が醸し出されてくる中で誕生してきたものかもしれない。

注

(1) 勘解由小路(今の下立売通)や勘解由小路町があるが、大内裏内にあった勘解由曹局の東西の延長上の、「うち(内)」ならぬ「さと(里)」にあたることから名付けられた小路名である。

（2）森重敏「かぐや姫と伊勢斎宮」（『文体の論理』風間書房、一九六七年）の「竹取物語の内容は、なによりも古来の記録―歴史に精通した、たとえば菅原氏のような、勘解由曹局的な大儒や諸蕃を含む学術者流でなければ、ほとんど制作不可能と思われる底のものである」（「竹取物語の作者派圏と成立時期」の項）という指摘に注目したい。

なお渡辺秀夫「初期物語成立史の断想―『続浦島子伝記』の意味するもの」（『国文学研究』67、早稲田大学国文学会、一九七九年三月）が「勘解由曹局」の実態を具体的に述べている。

21『類聚国史』の編纂——百科事典の類、大変な作業

『竹取物語』には二つの読み方がある。一つは、かぐや姫に求婚していずれも失敗に終わる五人の貴公子の段（求婚難題譚）を重視して、政治的風刺ないしは批判をしているとみる読みであり、もう一つは、かぐや姫が天皇の求婚までも拒否して翁夫婦と別れていく昇天の段（羽衣伝説）を重視して、地上（人間界）と天上の絶対的隔絶ないしは死という別離の絶対性を描くといった読みである。従来作者を推定する場合、どちらかというと前者の読みから引き出されている傾向があったように思われる。

まず、江戸の学者によって、五人の貴公子がいずれも実在の歴史上の人物をモデルにしていることが指摘されて[1]、定説となっていることに注目してみたい。五人は同時代のいずれも壬申の乱で活躍した人物なのである。つまり天武天皇の功臣たちであったということになる。持統朝から文武朝にかけて活躍した人たちであるが[2]、『日本書紀』持統朝十年の記事では、五人が列挙されているのである。そして、桓武天皇に始まる平安時代の天皇は、

それまでの天武天皇系から天智天皇系に代わったと言われる。こうしたことは、『日本書紀』をはじめとする歴史書によらなければ確認できないことであった。そこで、『竹取物語』という作品はその内容からみて、古来の記録や歴史に精通している、「たとえば菅原氏のような、勘解由曹局的な」学者流でなければ、「ほとんど制作不可能と思われる」類の作品であるなどと指摘をする研究者もある。[3]

道真は、寛平四年（八九二）六国史の最後を飾る『日本三代実録』の撰修に関わるようになり、また同年には、宇多天皇の勅命によって撰修していた『類聚国史』を奏上したと伝えられている。特に『類聚国史』二百巻の編纂は、画期的な作業であった。正史である六国史の記事を事項別に分類し、再編集したもので、百科事典の類と見てもよいであろう。いわゆる「カードをとる」などする大変な作業であったと思われるが、編纂作業を進めることで、道真は一層歴史に詳しくなったに違いない。この書は後世、紀伝道では必携の書とまで言われ、今も歴史学などに欠かせない文献となっている。

ところで、五人の貴公子モデル説で最も説明が苦しいと言われるのが、石作皇子を多治比真人嶋と見ることである。しかし、多治比氏と同祖という石作連が、垂仁天皇の皇后日葉酢媛の石棺を作ったと『新撰姓氏録』に記されている。これは、『古事記』に、日葉酢媛の時、石棺を作った石祝作（いしはふりづくり）や土師部（はじべ）が定められた(4)とある伝承と根を同じくしていることであろう。このことも土師氏が伝承するところであったとすると、道真には多治比真人嶋を石作皇子に擬しやすかったと考えられるのである。

注

（1）加納諸平『竹取物語考』（「国文学註釈叢書」所収）。

（2）賜㆓右大臣丹比眞人〔嶋〕輿杖㆒。（中略）仮賜㆓正広参位右大臣丹比眞人資人百廿人㆒。正広肆大納言阿倍朝臣御主人・大伴宿禰御行、並八十人。直広壹石上朝臣麻呂・直広貳藤原朝臣不比等、並五十人。（「持統十年紀」）

授㆓左大臣正広貳多治比眞人嶋（正）正二位、大納言正広参阿倍朝臣御主人正従二位、中納言直大壹石上朝臣麻呂・直広壹藤原朝臣不比等正正三位。（中略）以㆓大納言正従二位阿倍朝臣御主人㆒為㆓右大臣㆒、中納言正正三位石上朝臣麻呂・藤原朝臣不比等、（中略）並為㆓大納言㆒。（「大宝元年紀」三月廿一日条）

『竹取物語』では、五人の貴公子の「名」を次のように語る。「①石つくりの御子、②くらもちのみこ、③右大臣あべのみむらじ、④大納言大伴のみゆき、⑤中納言いそのかみまろたり、此人々なりけり」と。それぞれ順に、右に示した「紀」のかかげる、次の人物たちをモデルにすると推定されている。「①右大臣丹比眞人（嶋）、②藤原朝臣不比等、③大納言阿倍朝臣御主人、④大伴宿弥御行、⑤石上朝臣麻呂」である。

（3）森重敏氏の20注（2）の説。

（4）「御陵（注：垂仁天皇の陵）は菅原の御立野の中に在り。又その大后比婆須比売命の時、石祝作を定め、又土師部を定めたまひき。この后は、狭木の寺間の陵に葬りまつりき」（『古事記』垂仁記）とある。

22 月と物思い ——『白氏文集』と深いかかわり

『竹取物語』では、夜空に輝く「月」がモチーフとして、大きな役目を担っている。かぐや姫の昇天の段が民間に伝わる羽衣伝説を踏まえていることは周知のことであるが、しかし、知られているどの羽衣伝説にも見られない、ユニークな点が『竹取物語』の場合には見られる。昇天する先が「月」であることである。

羽衣伝説で最も古い語りでは、天女は鳥であったという(1)。鳥は一般的には、夜は飛ばないもの、その性質は、天女の姿のまま羽衣を身につけて飛翔するようになっても失われることはなかった。しかし、『竹取物語』の天女、かぐや姫になると、天の羽衣を着ても、鳥に変身することもなく、飛翔する機能も失われていて、夜「飛ぶ車」に乗って昇天するのである(2)。しかもそれが月への昇天であるという設定は、それまでに語られることのなかったストーリーなのである。

さて、『竹取物語』では月をどのように捉えていたのだろうか。

月を見ては、常より思い悩む様子のかぐや姫に、そばに仕える女房が「月の顔見るは、忌むこと」と制している。翁もかぐや姫に「月な見たまひそ」、月を見てはいけない、見る度に思い悩んだ様子になると忠告している。このタブーが一体何に由来するのかについては、古来諸説が見られ、まだ定説がない。大きくは、土俗的な民間信仰によるとみる説と中国から移入された新習俗・新思潮とみる説とに分けられる。このタブーは『竹取物語』以降、『後撰集』『源氏物語』等々にみられ、しかも女性について言われるのがほとんどである。結論的には、私は後者の説に賛同する。

白楽天の『白氏文集（はくしもんじゅう）』（巻十四）にある詩「贈内」の一節「月明に対（むか）いて、往事を思うこと莫（なか）れ。君の顔色を損ない、君の年を減ず」に由来するとみるのが最も説得力があると考えるからである。月を見ながら昔のことを思い悩んではいけないと言う。

少なくとも平安時代の中頃までにおいては、動詞「ながむ」は、後世のように単に視覚行為を意味する動詞ではなく、物思いにふけるという心的作用を主としていて、その心的作用に伴って月が「ながむ」動作の対象として代表的なものと意識されるようになっていった。(3) このことと、月の顔を見て物思いに悩むことを意識化した白楽天の詩句がもてはやされるようになったこと(4)とは、深くかかわっていたのではないかと思う。

『白氏文集』は、白楽天が存命中に日本にもたらされた詩集で、既に承和五年（八三八）、仁明天皇に献上されたという記録がある。それ以降、日本の文学に大きな影響を与えることになるが、それが顕著に見られるようになるのが、文章博士であった、道真の父である菅原是善あたりからだという指摘がある。是善を師とする都良香、島田忠臣、そして道真などが集った、菅原家の学習塾「菅家廊下」では、盛んに『白氏文集』を学んだことと想像される。

注

（1）君島久子「嫦娥奔月考―月の女神とかぐや姫の昇天」（武蔵大学『人文学会雑誌』3巻1・2号、一九七四年）、同「羽衣覚書―飛翔と変身」（『芸文研究』二十七号、慶応義塾大学芸文学会、一九六九年）。

（2）「車に乗りて、百人ばかり天人具して、昇りぬ。」

（3）もの思いにふけると、「上の空」になる。顔を上げじっと考えこむ、その先に「月」をみる。「月」をあおぎみながらもの思いにふけっていることになる。こうした「ながむ」行為が「月」を捉える行為へと転ずる。

（4）糸井通浩「「ながむ・ながめ」考―「もの思ひ」の歌」（『古代文学言語の研究』和泉書院、二〇一八年）。

23　八月十五夜の宴――「家忌」で廃止後も、特別な思い

八月十五夜の月明かりの中、かぐや姫が月の都からの使者たちに迎えられて、月へと昇天する場面は、『竹取物語』の中でもひときわ印象深い場面である。しかし、このモチーフは、民間伝承の竹取説話のいずれにも欠けている要素である。ただし、物語の『竹取物語』の影響を受けていると見られるものは除く。

八月十五夜の月と言えば、中秋の名月として昔からよく知られ、民間でもお月さんにお供えをしたり、宴を開いたりする。観月の宴である。一年で月が最も美しく見える夜として捉えられている。しかし、この風習はずっと古くからあったというわけではない。『万葉集』や『古事記』『日本書紀』には、まったくその片鱗もうかがえないのである。

実はこの風習も中国からもたらされたものであった。もっとも中国においても、ほぼ盛唐の頃、李白と並び称される大詩人杜甫（七七〇没）に始まったと言われている。その後中国において盛んになり、『白氏文集（はくしもんじゅう）』などを通して日本にも知られ、受け入れられてき

たものと思われる。「三五夜中新月の色　二千里外故人の心」は、よく知られた白楽天の詩の一節、「三五夜」は十五夜のことである(1)。

宮中の公的な行事として、中秋の名月の日に観月の宴が行われるようになったことが分かる最も古い記録は、家集『源公忠朝臣集』である。延喜五年（九〇五）八月十五日の歌として「いにしへもあらじとぞ思ふ秋の夜の月のためしは今宵なりけり」と詠まれている。月を愛でて宴を催すなど昔にはなかった、今夜が初めてだというのである。

しかし、公的には延喜年間に始まったようだが(2)、私的には既に行われていたのである。その最も古い記録は、島田忠臣（しまだのただおみ）の家集『田氏家集（でんしかしゅう）』にある「八月十五夜、月に宴す」という漢詩によって知られる。貞観（じょうがん）年間（八五九―八七七）初め頃の詩と見られている。忠臣は、道真の父菅原是善（これよし）の学問の弟子であり、道真の妻の父に当たる人であった。その頃から菅原家でも毎年のように学問の弟子たちを集めて、観月の詩宴が催されたようである。

道真の家集『菅家文草（かんけぶんそう）』の巻一には、「八月十五夜」を題に含む漢詩が五首も収められている。ところが、巻二以降になると、とたんに見られなくなり、『菅家後集（こうしゅう）』も含めて全部でわずか三首が見られるだけである。これには実は次のような事情があったようだ。『菅家文草』巻二の一二六番の詩の詞書（ことばがき）に「仲秋翫月之遊、避家忌以長廢」とある。八月は菅原家の忌月なので、中秋の名月の宴をずっと廃止することにしたというのである。「家忌」とは、父是善が元慶四年（八八〇）八月三十日に亡くなったことを意味する。しかし、道真が月への思いを失ったわけではなかった。その後も八月十五夜の月には格別な思いがあったものと思われるのである。

注

（1）「新月」とあるが、ここは「陰暦月初めの細い月」のことではなく、「昇り始めた満月」のことを言う。

（2）鳥越憲三郎『歳時記の系譜』（毎日新聞社、一九七七年）外による。

24 月と姮娥伝承——月への昇天のヒントに

『菅家文草』の道真の詩に、「姮娥何事遅々見」（巻五）という句がある。「姮娥」とは、月のことで、なぜか月の出が遅いではないかの意。しかし、姮娥は、もともと女性の名前（恒娥、嫦娥などとも）で、その姮娥が月の異名として用いられたのは、中国で前漢のころに諸々の世事を記した『淮南子』の、次のような話に基づいているからである。

「羿請不死之薬于西王母、姮娥竊之、奔月宮」、羿という男が、西王母から不死の薬を貰い受けたが、それを妻である姮娥が密かに盗んで飲んでしまい、月の宮に昇天して、月の精となった、という伝説である。道真はこうした伝説を熟知していたものと思われる。地上の人間姮娥が不死の薬を飲んで月の世界に行くのと、月の世界のかぐや姫が罪を犯して地上の世界にやって来たのとでは逆の関係にあるが、かぐや姫が不死の薬を少しなめて月へ昇天するという筋立てには、この伝説が大きなヒントになったのではないだろうか(1)。

この伝説は、当時の文人にはよく知られていたと思われる。道真以前すでに、『文華秀

明代に編纂された『三才図会』から、西王母の図（国立国会図書館ウェブサイトから転載）

麗集』（勅撰漢詩集、八一八年成立）にある漢詩、嵯峨天皇の御製にも、「月色姮娥惨、星光織女愁」とある。月の色を見ると姮娥が悲しんでいるのが、星の光を見ると織女も愁えているのが分かる、と詠んでいる。ある女性の死を悼んで作られた詩である。

また道真の詩にも、ほかに「仙娥」「月裏奔」などの語句（いずれも『菅家文草』巻二）が見られる。後者は、重陽の宴で舞姫たちに、不死の薬ならぬ菊花酒をうっかり飲ませたりすると、舞いも終わらぬうちに月の世界へ昇天してしまうのではないかと詠んだ詩の文句である。(2)

さらに、道真は、貞観五年（八六三）源能有の母の周忌法会のために書いた「願文」に「当是時也、姮娥出海」（まさにこのとき、月が海から昇った）と書いている。その他の「願文」からも姮娥伝承を踏まえたと思われる語句を取り出すことができる。(3)道真撰と伝えら

れる『新撰万葉集』にも、「姮娥」の語例が見られるのである。(4)
西王母とは、中国に古くから語り伝えられている、不老長生の理想郷を求めた神仙思想を反映する代表的な仙女である。西王母にまつわる伝説もいろいろ日本に伝えられてきているが、平安時代初期は特に、文人たちの間に神仙思想がもてはやされた時であった。浦嶋子(うらのしまこ)の漢文伝や都良香(みやこのよしか)の「富士山記」などの作品が作られたのもそうした時代の思潮に乗っている。

伝奇物語と言われる『竹取物語』も、かぐや姫の月への昇天の場面は、神仙的世界を好む当代の思潮に乗っかって書かれたと考えてよいだろう。ただし、漢文体のいわゆる「伝」としてではなく、「物語」と後世呼ばれる新しいジャンルの誕生であったことは注目してよい。

注

(1) 糸井通浩「竹取物語の月と姮娥伝承─古代伝承ノート(4)」(『愛文』第14号、愛媛大学、一九七八年)、本書〈探究ノート2〉に再録。
なお、「姮娥」(嫦娥)伝説と『竹取物語』との関係を論じたものに、君島久子「嫦娥奔月考─月の女神とかぐや姫の昇天」(『人文学会雑誌』3巻1・2号、武蔵大学、一九七四年)、芳賀繁子「嫦娥伝説と『竹取物語』─初期物語と神仙思想の受容の関係」(『国文学科報』十六、跡見学園女子大学、一九八八年）がある。

（2）「仙娥弦未満」（巻二・一〇七）、「莫教舞妓偸渝去　恐未黎収月裏奔」（舞妓をして偸に渝ひ去なしむることな　恐るらくは未だ黎に収めずして月裏に奔らむことを）（同・一一四）。

（3）『菅家文草』巻十一の「為温明殿女御、奉賀尚侍殿下六十算修功徳願文」（温明殿女御の為に尚侍殿下の六十の算を賀し功徳を修め奉る願文）（六四三・貞観十三年）など。

（4）上巻・一二三番の漢詩に「姮娥触処翫清光（承句）」（姮娥触るる処清光を翫ぶ）とある。「姮娥」について半澤幹一・津田清『対釈新撰万葉集』（勉誠出版、二〇一五年）に、日中の文献を引用しての詳しい解説がなされている。

25 外宮の神と丹後——羽衣伝説の神、伊勢へ迎える

『古事記』『日本書紀』に、大和の王権と婚姻関係を結んだ丹後（当時は丹波）出自の娘たちが登場する。しかも「記紀」（開化期から垂仁期にかけて）において、中央の王権が大和国（奈良）以外の地方の勢力と姻戚関係を結んだ、最初の例であることが注目され、伝承ながら古代史における重要な事情を物語っている。

　伊勢神宮の祭祀伝承にもまた、垂仁朝前後が色濃く関わっているのである。『日本書紀』によると、垂仁天皇二十五年、天照大神を祀る斎王が、豊鍬入姫命から倭姫命に交代することになったという。倭姫命は、垂仁天皇と丹後の地から嫁いだ日葉酢媛との間に生まれた娘である。そこでまず倭姫命は、天照大神を祭祀するにふさわしい所を探して、各地を転々とするが、天照大神の託宣によって、伊勢国に祭祀することになり、倭姫命自らは五十鈴川のほとりに斎宮（斎王の宮）を建てて住み、天照大神をお世話する御杖代として仕えたという。

伝承上は豊鍬入姫命が初代の斎王で、倭姫命は二代目となるが、伊勢の地での斎王としては初代と言える。斎宮は後、三重県多気郡明和町の地に置かれた。[1] 有名な話に、日葉酢媛が産んだ景行天皇の子日本武尊が父から東国征伐を命じられた時、伊勢の地で大神に仕える叔母の倭姫命を訪ねて、草薙剣を賜ったという伝承がある。

こうして天照大神は、伊勢内宮に祀られることになった。では、外宮の祭祀伝承はどう伝えられているのだろうか。それを伝える、確かな最も古い文献は、『止由気宮儀式帳』である。これは、『皇太神宮儀式帳』（内宮に関する儀式帳）とともに、延暦二十三年（八〇四）伊勢の神主たちによって撰上されたもの。それによると、雄略天皇の時天照大神の託宣によって、丹波国比治の真名井に鎮座する豊受大神を伊勢に迎えて、度会の山田原に宮を造って祭祀したのが始まりだという。後、外宮と言っている宮である。既に『古事記』に豊受大神は「度相にいます神」と記されているから、豊受大神が伊勢に祭祀されたのは、『古事記』をずっと遡るものと見てよいであろう。

丹波国の豊受大神と言われる神こそ、丹後の比治山頂（京丹後市峰山町）の真名井に天降った天女で、後に奈具神社に祀られた羽衣伝説の豊宇賀能売命のことである。もっとも「とようけ」「とゆけ」と「とようか」とは別語で、神格を異にする別の神であったと見る

伊勢神宮外宮の参道入り口（神宮司庁提供）

考えもある。しかし、いずれにしても「うか」「うけ」は、倉稲魂（うかのみたま）、保食神（うけもちのかみ）の「うか」「うけ」と同じで、穀霊や穀物神を意味する言葉であったと見られている。(2)

鎌倉期の伊勢神宮に関する資料である「神道五部書」と総称するものの一つ『倭姫命世記（せいき）』では、さらに詳しい伊勢神宮の祭祀伝承が語られている。ただし、先に見た『止由気宮儀式帳』とは違って、「神道五部書」では、豊受大神の元の鎮座地が「丹波（または丹後）国与謝郡真名井（原）」と記されていて、丹後一の宮である籠（この）神社の裏山にある奥宮・真名井神社が、それに当たるとされている。(3)

ここでは、史実の追究は目的ではない。『竹取物語』が書かれたころ、作者は何を知っていたか、読者は何を知っていて『竹取物語』を読んだのかが問題なのである。

注

(1) 発掘が進められている「斎宮」遺跡には、現在「斎宮歴史博物館」が存在する。

（2）「うか」「うけ」は、母音交替した同源語で、「うか」は結合形（被覆形）、「うけ」は独立形（露出形）という違い（関係）があった。糸井通浩「伏見稲荷の神々と丹後の神々」（『朱』第47号、伏見稲荷大社、二〇〇四年、本書〈探究ノート3〉に再録）を参照。

（3）「神道五部書」や籠神社の社記等では、『与佐宮（匏宮とも）』と称している。

26 伊勢外宮の神と月——穀物の神、酒の神、水の神

中国の神仙的な伝説に、羿という男の妻姮娥が月へ昇天し月の精になったという話があることは先にも紹介したが、既に平安時代の初期には日本に伝えられていたであろうことも先に述べた。また、姮娥を月の異名としても菅原道真などが用いていることについても述べたが、伊勢神宮の外宮の神を月に結びつけている資料が、伊勢神宮関係のものに見られるのである。ここでは、そのことを確かめてみたい。

南北朝期の資料『太神宮参詣記』の康永元年（一三四二）の記事に、外宮の神は「天照豊受太神と申（す）、すなはち月神なり」と記されている。そして「神書の説、これおほし」とするように、それより遡る鎌倉期の文献である、いわゆる「神道五部書」と総称されるものの中に、外宮の神を月に結びつけている記述が見られるのである[1]。平安時代初期の祭祀伝承によって、外宮の神豊受大神は丹波（後の丹後）国から、天照大神の御饌都神（大神に食事を捧げる神）として迎えられたと語られていることも先に述べたが、その丹後

豊宇賀能売命が祀られている奈具神社（京丹後市弥栄町）
（京丹後市役所観光振興課提供）

の神とは、豊宇賀能売命（とようかのめのみこと）のことである。天から比治山（ひじ）の真名井に舞い降りた天女であった。『丹後国風土記』逸文が伝える羽衣伝承の主人公である。こうした伊勢と丹後を結ぶ伝承については、道真も知りえたものであったと考えられるのである。

「神道五部書」の内の『御鎮座伝記』や『御鎮座本紀』などによると、豊宇賀能売命（神とも）は奈具神社（京丹後市弥栄町）の神で、またの名を「姮娥」とも「舁女（よじょ）」(2)とも称するとある。そして月の宮から天降（あまくだ）ってきた神だと語っている(3)。「姮娥」とは、不死の薬を飲んで月に行き月の精となったという、あの中国の神仙譚の女の名である。

また、こうも語られている。天照大神が丹後の与佐の宮(4)に鎮座されている時、豊受大神が天降ってきて、御饌都神として天照大神をお世話したが、その豊受大神は丹波道主命の娘たち「八乙女」がお祀りしお世話したと語られていて注目されるのである。祀る神と祀られる神の関係が重層的になっていて複雑である。天照大神自体も、「おおひるめむち」とも呼ばれたが、その名が示すように、本来、太陽を「祀る」側の存在であったと考えられるのである。「ひるめ」とは、「日の女」の意だとされる。(5) 鎌倉期の伊勢関係文書では、内宮の神天照大神と外宮の神豊受大神とを、日(太陽)と月に当てはめているのである。こうした観念がどこまでさかのぼれるのか、気になるところであるが、今は不明とせざるをえない。

少なくとも鎌倉期には、伊勢神宮において豊宇賀能売命が「酒殿神」としても祀られていたことは明らかであるが、それは羽衣の天女が翁夫婦の家で良く酒を醸み、その酒が人々の万病を癒すに効き目があったという伝承が受け継がれていたことを意味している。豊宇賀能売命は、穀物の神であるとともに酒の神であり、また水の神でもあったようだ。

注

(1) 所謂「神道五部書」は偽書とされているが、それは奥書で奈良時代以前の成立のようになっているが、実際には鎌倉時代に古伝を加味しつつ執筆されたものとみられるからである。

（2）「昇女」については、24注（1）の拙稿でも触れたが、意味不明。「昇」は「かく」、「駕籠かき」などと使い「かつぐ（担ぐ）」と同義語であろう。「肩昇」（肩に担ぐ）という語もある。「昇女」は音は「ヨジョ」だが、訓は「かくめ・かきめ」となろう。

（3）まるでかぐや姫を連想させる。しかも「昇」は「かく」という動詞、「昇女」とは「かくめ（おんな）」「かぐやひめ」とひびき合うのである。

（4）「与佐（の）宮」は、現在丹後一宮籠神社の境外摂社とされる真名井神社（祭神・豊受大神）のことである。現在の本殿（籠神社）の元になった神社（奥宮）と云うべきで、伊勢神宮の外宮の神の祭祀の始まりを伝える関係資料では、「与佐宮」と出てくる。「匏宮」とも表記、「ひさごの宮」であるが、これで「よさの宮」とも読ませる。

（5）「ひるめ」は「日霊」「日女」などと書く。「日（太陽）の女」の意であるが、通常「おお（大）ひるめむち（貴）」のこととされ、天照大神を指す。「ひるこ」「ひるめ」とは「ひこ」「ひめ」の関係にあるか。

補注：「日（太陽）」、それを祀るのが「ひるめ（日（太陽）の女）」、「ひるめ」（天照大神・内宮の神）を祀るのが「御食津神」（豊受大神・外宮の神）、それらを祀るのが「いつきの宮」（斎宮）、そして斎宮を神として祀る一つに京丹後市の式内社竹野神社があるということになる。これが、「祀られるもの」と「祀るもの」の関係構造である。祀るものが祀られるものになることは様々なケースで存在している。

27 外宮祭祀と忌部氏 ——祭祀成立に直接かかわる

『竹取物語』では、かぐや姫の名付け親が忌部氏であることから、讃岐造（竹取翁）も忌部氏系の人物と見られる。その忌部氏と、天皇の使いとなってかぐや姫と交渉した「中臣の房子」の中臣氏とが対立的に描かれている、と読むことができる。そうなると、先に見た丹後の羽衣伝説の天女と外宮の神との関係からみて、その外宮祭祀の成立に忌部氏が直接にかかわっていたとみる説(1)があることには注目せざるをえないのである。

奈良朝には、伊勢神宮の祀官として内宮は荒木田氏が、外宮は度会氏が祭祀を担当するという分担ができていたようだ。それを管理する、中央の大和における神祇担当氏族は、内宮が中臣氏で、外宮が忌部氏であった。議論のあるところであろうが、それ以前では、伊勢神宮全体の祭儀の確立などに、忌部氏が主として当たっていたとみる説がある。中臣氏が伊勢神宮に直接かかわるようになったのが、七世紀後半になってからだろうという推定がなされていることからもうなずけるのである。

平安朝になって、斎部広成が『古語拾遺』（八〇七）を書いて訴えたのは、藤原氏の力をバックとする中臣氏が国家の祭祀に関してますます専横的になり、伊勢の祭祀においても、忌部氏の担当分野を犯して、忌部氏（祭祀にかかわる他の氏族も含めて）が軽んじられてきているという不満であった。その実情を、今では伊勢の宮司が独り中臣氏からのみ召されているなどと、十一の項目にわたって具体的に訴えている。

神宮関係の文献が伝える祭祀伝承からも、伊勢祭祀は当初から忌部氏が管掌していたと推定できる。大和にいる中央忌部氏が、各地の忌部氏を統括していた。

外宮の神豊受大神は、丹後の真名井から移されたと語られているが、この真名井をめぐる伝承から、豊受大神には水神の側面があり、伊勢神宮の祭儀伝承に玉と水の信仰が反映している。伊勢神宮の祭儀には中央忌部氏を通して、出雲忌部や地元の伊勢忌部などが深く関与していたことが考えられる。そして、特に外宮に関する伝承には忌部氏との関係が濃厚にみられ、外宮祭祀に忌部氏がかかわっていたことは否定できない、豊受大神が御饌[2]都神として伊勢に祀られるに至ったのは、忌部氏が担当してのことだったと推定する説に注目したい。

平安時代、朝廷の宮殿に祀られた女神である大宮売命と同じ神を祀る式内名神大社が昔の丹後国丹波郡（後、中郡）にある。今の丹後国二の宮とされる大宮売（おおみやめ）神社（京丹後市大宮町）（一六六頁参照）である。[3] この神社は、弥生遺跡そのものの上に祭祀されていて、かなり創祀が古い神社とみられている。大宮売命（神）は、『古語拾遺』によると、中央忌部氏の祖神太玉（ふとたま）命の「久志備（くしび）」（霊魂）から生まれた神だという。忌部氏の守護神であったらしい。丹後国の忌部氏の存在は未詳であるが、大宮売神社はなんらか忌部氏と関係があったものと想像される。

注

（1）西原啓子「『天の真名井』の伝承と忌部氏」（『同志社国文学』12号、同志社大学国文学会、一九七六年）。

（2）注（1）に同じ。

（3）糸井通浩「伏見稲荷の神々と丹後の神々」（『朱』第47号、伏見稲荷大社、二〇〇四年、本書〈探究ノート3〉に再録）。

28 斎宮―伊勢と丹後――相似関係　いつきのみや

かぐや姫は多くの男性から求婚されても応じなかったが、最後まで諦めない五人の貴公子にはそれぞれにやむなく難題を課した。しかしいずれの男もかぐや姫の要求に応えることができなかった。もともとかぐや姫には結婚する意思がなく、帝の求婚にも応じなかったのである。かぐや姫の、この世の男性との結婚を拒否する生き方は、伊勢の斎王（斎宮とも。ここでは斎宮は斎王の住んだ建物をいうことにする）を念頭においたものと解釈する説(1)がある。

斎王とは、未婚の内親王から選ばれて、伊勢の斎宮に住み、伊勢神宮の内宮・外宮の神にお仕えしお祀（まつ）りする女性であった。人の男と結婚することはタブーとされていた。伊勢斎宮のことを、『大和物語』（三十六段）では、「呉竹のよよの都と聞くからに君は千年のうたがひもなし」という歌の後で「かの斎宮のおはします所は、竹の都となん言ひける」とある。斎宮が伊勢の国多気郡（たけのごおり）（現在は「たきぐん」と呼ぶ）にあったからであろうが、かぐや姫ならぬ斎王が竹の都に住む人であったことに注目したい。しかもすでに指摘されているように、斎宮は和語では「いつきのみや」と読むが、かぐや姫は「つきのみやこ（月の都）」から来て、またそこに帰って行った女である。この言葉の類似性は、単なる偶然ではなかったのではないだろうか[2]。

「いつきさん」と呼ばれる竹野神社
（京丹後市丹後町）（京都新聞提供）

ところで丹後にも、俗称「いつきさん」と呼ばれる斎宮（いつきのみや）神社がある。竹野（たけの）の式内社竹野（たかの）神社（京丹後市丹後町）である。神社の背後には、山陰で一、二を争う前方後円墳、神明山（しんめいやま）古墳がある。祭神は、天照大神とされるが、摂社に竹野（たかの）姫が祀られていることが注目される。竹野姫は土着の豪族旦波（たにわ）の大県主由碁理（おおあがたぬしのゆごり）の娘で、開化天皇に嫁いで、後に丹波道主命（たにわのみちぬし）の祖母となった人である。地元の伝承によると、開化天皇がなくなると、竹野姫は、丹後に帰り、天照大神を祀りお世話したという、それが竹野神社だと伝えている。竹野姫はいわば斎王に当たるわけで、それで、斎宮神社（いつきさん）とも言われるのである。

伊勢と相似の関係にあるわけであるが、先にも見てきたように、伊勢の外宮の神が、天照大神に請われて丹後から遷（うつ）された豊宇賀能売命（とようかのめのみこと）であると伝えられていることを合わせ考えると、豊宇賀能売命は、翁夫婦の養女となった天女が外宮の神となって天照大神を祀る「みけつ神」となったということになる。「天女」はかぐや姫のモデルであった。一層伊勢の祭祀（さいし）には、丹後との深いかかわりを想像したくなる。

竹野姫というと、もう一人日葉酢媛（ひばすひめ）の末の妹にもいて、五人の姉妹のうち一人だけ、垂仁（すいにん）天皇の妃にしてもらえず丹後に追い返されたが、そのことを恥じて途中で自ら命を絶った女性である。あるいは、二人の竹野姫について伝承上混乱しているところがあるかもしれない。なお、丹後地方の式内社の多くが豊宇賀能売命を祭神としているが、その点竹野神社は例外の一つということになる。(3)

注

（1）　森重敏「かぐや姫と伊勢斎宮」（『文体の論理』風間書房、一九六七年）、中塩清之助「かぐや姫と竹取翁と」（『國語・國文』第六巻第五号、星野書店、一九三六年）。

（2）『竹取物語』には、ことばの語源譚や地名起源譚ばかりでなく様々なことば遊びがちりばめられていることから考えて、「つきのみやこ」から「いつきのみや」が連想されることを読者に期待していたことは充分考えられるであろう。

（3）本書〈探究ノート3〉、及び「〔参考〕丹後の式内社と祭神」参照。例外にはもう一つ「大宮売神社」（丹後国二の宮とされる）がある。

29　糸で葺いた屋根――邸宅内部に設えられた寝屋

萱や藁ならともかく、染めた糸で屋根を葺くことは普通考えられない。雨が降ったらどうなるのか、と考えただけでも現実的ではない。ところが、『竹取物語』にはそんな屋根のことが語られているのである。龍の首の玉を取ってこいという難題を課された大納言大伴御行の段に描かれている。大納言は、この先かぐや姫を迎えることになったときに、普通の設えでは醜いというので、立派な建物を造って、漆を塗ったり蒔絵で壁を造ったりした上に、「屋の上には糸を染めて、色々に葺かせ」たというのである。一読しても、人形の家のような現実離れした屋形という印象を受ける。

糸で屋根を葺くとは、不思議だ、実用的でないなどと評され、大納言の善美を尽くしたいという思いが伝えたかったのだろうと解されている。そして当時、女性用の車として流行し始めていた「糸毛車」から思いついたものではないかという指摘がなされてもいる。糸毛車とは、牛車の一種で、車体を青や紫、赤などの糸を使って飾り立てたもの、乗る人の身分で糸の色が異なったようだが、主として貴婦人用であったという。

ところで、糸で葺くという表現が、道真の記した「左相撲司標所記」（『菅家文草』第七巻）に出てくる[1]のである。この文章は、元慶六年（八八二）の相撲の節会の時に設置された標屋の作り物がどのようにして作られたか、またできた物はどんなものであったかを描写したもので、記録体漢文で書かれている。大きな行事などの時、飾りつけとしてこうした作り物が作られたようであるが、このときの標屋は、高さが約七・五メートルもあり、その中に、山や雲を配し、動物や人物などを点在させ、中国の特定の故事や説話を思わせる舞台に仕立てていたようである。そこに「瑞雲十一片、以糸葺之。彩霞十四片、以木為之」とあり、山の上にたなびかせる雲を糸で葺いたというのである。

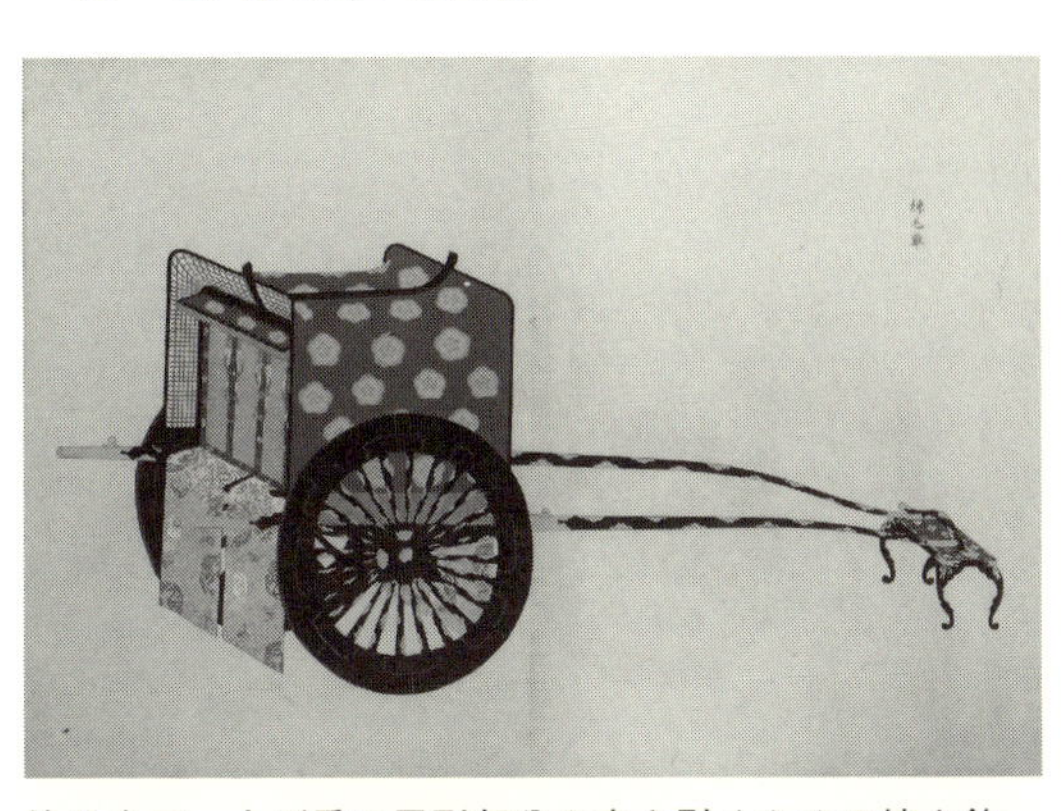

染め糸で、人が乗る屋形部分や車を引くための棒を飾った「糸毛車」（『故実叢書 輿車図考附図』大阪市立図書館所蔵）

ほかにも、松やその他の木の葉が、糸や麻、緑色の絹でもって作られていたことが分かる。

菅原家は、伝承上の遠祖を、わが国最初の相撲取りとも言うべき野見宿禰(のみのすくね)だとするが、道真編纂の『類聚国史(るいじゅこくし)』でも「相撲」の項を設け、相撲の行事には詳しく関心が高かったものと思われる。

さて、『竹取物語』に戻ると、屋形の壁を蒔絵仕立てにしたと語るが、これもまた実用的でなく、雨ざらしになる壁のつくりとしてはふさわしくない。屋根を糸で葺くということも考え合わせると、この、かぐや姫のための屋形は、大納言の邸宅の内部に設えられた、寝屋のことを意味していたのではないかと想像される。

結局、この寝屋は無駄になってしまう。そして、その屋根を葺いた糸は、鳶(とび)、烏(からす)の巣に「みな喰(く)ひもて往(い)にけり」ということになったのであった。

注

（1）「瑞雲十一片、以糸葺之」（『菅家文草』五二七）。

30 大伴御行の漂流と遣唐使
――遭難や通商の体験談、描写の元か

大納言大伴御行（おおとものみゆき）は、かぐや姫との結婚の準備――かぐや姫を迎える寝屋などのしつらえ――を済ませると、龍の首の玉を取りに自ら大海原に乗り出した。しかし、落雷と暴風雨に遭遇、あえなくも遭難の憂き目に会う。そこで龍の首の玉を取ることを諦め、神に命乞いしたところ、九死に一生を得て播磨の明石の浜に漂着した。大納言はてっきり、あの賊地と恐れられる「南海」の地に吹き寄せられたものと思い込んでいたので、事実を知って息を吹き返したのだった。

龍の首の玉の話は全体的にドラマティックで、特に、遭難のシーンはリアルに語られていて、その描写には遣唐使船の漂流の実体験が活かされていると見られている。『竹取物語』の作者は、その体験談を身近に知りえた人物であっただろうとも言われるのである。

「東大寺僧正真済伝」（『紀家集』）に描かれた真済の遭難談も話題になるが、古来指摘されてきたのは、菅原梶成（かじなり）の漂流談で、それがモデルではないかと言われている。医者であ

る梶成は、承和の遣唐使に随行、六年（八三九）に唐を出発し帰国の途についた。一時船は行方不明となるが、翌年鹿児島県の大隅に帰り着く。その間、船体はひどく破損し、やっとのことで「南海の賊地」に漂着したものの、溺死したり殺されたりした者が多数出たという。このことは、『続日本後紀』などに記録されているが、最も詳しいのは、『文徳実録』仁寿三年（八五三）の記事、梶成の卒伝であろう。

　遣唐使というと、菅原家の関係では早く天武朝のころに、土師宿禰甥が唐に留学しているが、なんと言っても注目すべきは、道真の祖父清公が延暦二十三年（八〇四）に遣唐使判官として渡唐しており、また伯父に当たる善主も遣唐使判官を務めていることである。善主は、最後の遣唐使といわれる第十七次の遣唐使の一員であったが、第十七次では往路も復路も遭難が相次いだ。小野篁が遣唐副使でありながら乗船を拒否して、隠岐の国へ配流となったという有名な話もこの時のことであり、先に述べた梶成の漂流談もこの時の復路のことである。ただし、善主は承和五年（八三八）、無事第四船の長として唐に渡っている。

　知られるように、道真自身も寛平六年（八九四）に第十八次の遣唐使大使に任命されている。副使は学問上の弟子である紀長谷雄であった。しかし、道真が提示した「上表文」

によって、たちまち中止されることになり、これで事実上唐との国交は絶えたのであった。いわゆる遣唐使の廃止である。

その「上表文」には、当時在唐の留学僧の報告書を託されて日本にやって来た、唐の商人「王訥（おうとつ）」という人が出てくるが、貞観（じょうがん）年間（八五九―八七七）から急増してきたといわれる唐の商人たちとの交流も道真にはあったことが分かる。火鼠（ひねずみ）の皮衣（かわごろも）の段に「もろこし船の王けい」という人が登場することや日本と大陸の間を行き来する描写にも、道真の、唐の商人に関する知識が反映されていると解することができるだろう。

31 「斑竹姑娘」の発見――『竹取物語』の原話ではない

『竹取物語』は、さまざまな話の型を踏まえながら、民間に伝わる竹取説話を土台（プレテクスト）にして書かれた作品と見られてきた。ところが中国四川省のチベット族に伝わる民話で、『竹取物語』と粗筋がそっくりな話が発見されて、昭和四十年代後半学界で大きな波紋を呼んだ。「斑竹姑娘（はんちくこじょう）」と呼ばれる竹娘の話である。

貧しい親子、ランパという少年とその母親が大切にしていた斑竹から美しい竹娘が誕生したが、その噂（うわさ）を聞いて、地元の有力者の息子ら五人の男が求婚してくる。竹娘は男たちに難題を課した。しかしどの男も難題が解決できず失敗に終わる。そうしてめでたくランパは竹娘と結婚することができたという話である。竹から生まれた娘であることや、この五つの難題の内容と失敗の様子などがほとんど『竹取物語』にそっくりなのである。どちらかがどちらかを直接継承していると考えざるを得ないほど似ているのである。

「斑竹姑娘」は『竹取物語』の原話ないし土台にした説話ではないか、と問題提起され

竹の中からかぐや姫を見つけた翁。
「竹取翁并かぐや姫絵巻物」から（宮内庁書陵部蔵）

て、前後の影響関係が論議されてきた。もちろん、両者には大きな相違点もある。特にかぐや姫が誰とも結婚しないこと、月へと昇天する点などは、『竹取物語』独自な筋立てである。

研究の結果、最近では、中国の民話「斑竹姑娘」が『竹取物語』の原話であったことはありえないと認められるようになってきたと言えよう。いろいろな根拠が指摘されているが、その一つは、『竹取物語』自体が元（プレテクスト）にしたと思われる竹取説話が三人の男に三つの難題を課するという、例えば『今昔物語集』にある竹取説話のような話であったと思われるから[1]である。それは、現存の『竹取物語』の描写において、かぐや姫が五人の男に次々難題を言い渡す場面で、三人目になった時かぐや姫が「いま一人には」と言っていることから推測されると指摘されている。(2) 実際、先の三人と後の二人とでは、叙述上の扱い方においていくつかの違いが指摘できるのである。いずれにしろ、『竹取物語』の成立とその作者を考える上で、発見された「斑竹姑娘」の存在は、とりわけ大きな影響を受ける問題ではないと思われる。

ところで、「斑竹」とは、竹の肌に斑点のある竹のことであるが、なぜ斑点があるかを語る斑竹起源説話がいくつかある。人の流した涙の痕(あと)という場合と竹自身が流した涙の痕という場合とがあるようだ。実は菅原道真の書いた作品にも、斑竹起源説話を踏まえた表現がある。若いころの漢詩に「紋竹」の語が見える。王の舜(しゅん)を失って悲しむ蛾皇(がこう)・女英(じょえい)の二人の王妃が流す涙で斑(まだら)の紋様ができた竹のことを言うとされる。また、貞観五年（八六三）の願文(がんもん)では、「染竹之余涙」とあって、涙で竹が斑に染まったことを言っている。竹中生誕譚も『後漢書(ごかんじょ)』など中国の文献や東南アジアの民話で確認できるが、いずれも、「斑竹姑娘」を思わせるものは存在しない。(3)

注

（1）『今昔物語集』巻三十一第三十三話「竹取翁、見付女児養話」。竹を取って籠を作り生業としている翁が「三寸許ナル人」を見付け養う。「例ノ人」になった「女」に三人の男が求婚する。女はそれぞれに難題を課すがいずれも果たせず、帝も后に召そうとするが、女は「己レ人ニハ非ヌ身」、只今「空ヨリ人」が迎えに来ると打ち明けて拒否する。やがて女は「空ヨリ」持ち来たった「輿」に乗せられて「空ニ昇ニケリ」と。

『竹取物語』以前に、竹中生誕の女のいわゆる「竹取説話」が存在したことは否定できないが、この『今昔物語集』の「話」は、『竹取物語』が口頭で語り継がれて一人歩きして説話化した姿とも言えそうである。具象性が失われ、民話的になっている。

（2）「いま一人には」は、該当の内の残りの一人を指す用法と見える。とすると、該当の人物が三人であったことを意味し、プレテクストであった「竹取説話」の名残を留める表現だというのである。しかも五人の内、ここだけ人物名（右大臣阿部のみむらじ）を示さず「いま一人」としているのである。つまり、『竹取物語』のプレテクストは、三人求婚譚であり、五人の求婚譚である「斑竹姑娘」をプレテクストにしているとは考えられない、ということになる。

『今昔物語集』の「竹取説話」は基本的には「求婚難題譚」であったと思われ、話が「帝」にまで及ぶ必然性に欠けている。民話のパターン（三回の繰り返し）による、三人求婚譚から五人の求婚譚へと『竹取物語』では拡大し、「帝」までをも登場させたところに「物語」と呼ばれる由縁があったと思われる。

（3）『斑竹姑娘』は、現地に古く伝えられていた斑竹中生誕譚に、戦時中日本兵が持ち込んだ『竹取物語』の話が被せられて再生した話ではないかなどの推測もなされている。

32　母は大伴氏の娘――作品の主題は姫の出生と昇天

どのように読むか、いかに読めるか、に答えることが作品の主題に迫る最善の方法であろう。『竹取物語』の主題をめぐっては、先にも触れたように、大きく二つの捉え方に整理できると言ってよい。一つは求婚難題譚である五人の貴公子の失敗談を重視する読みであり、一つは天上から地上にやって来たかぐや姫が再び天上へと帰っていくストーリーを重視する読みである。

前者の場合、五人の求婚者の名前がいずれも壬申の乱（六七二）で活躍した人々の名前を引用していると比定できることから、反天武帝の側にある人が天武帝側の人たちを揶揄し諷刺した作品と解釈したりしている。具体的には、藤原氏、多治比（たじひ）氏、阿部氏、大伴氏、石上（いそのかみ）氏になる。また、時代はともかく、皇子や上達部（かんだちめ）などを登場させて、その人物たちに滑稽な失敗をさせたり、ずるく立ち回らせたりすることで、平安初期の上流貴族の退廃ぶりを諷刺していると読まれたりもしている。

このように読むとすると、『竹取物語』の作者に、菅原道真を想定するという立場にとっては、一見不都合なことと思われることが存在することになるのである。実は、道真の母は、伴（大伴）氏の出身であった。これでは血縁の関係にある氏族を、笑いものにされる氏族の一つとして取り上げていることになるからである。

確かに、『竹取物語』が書かれたころには、桓武天皇の父光仁天皇（在位七七〇―七八一）の代から、それまでの天武系の皇統から反天武系ともいうべき天智系の皇統に変わっており、天武系の忠臣たちを揶揄の対象になしえたと言える。しかし、壬申の乱の時からすると随分時が経っていて、特定の氏族を諷刺するリアルな同時代性は感じられなかったと思われる。それ故五人の貴公子の名前は、折々に歴史書に併記されていることを活用して、物語に現実感を与えるために採用されたのに過ぎないと見る。もっとも、皇子、大臣、大納言、中納言といった身分の人物を配したことにはそれなりの意味があったかと思われる。話を帝（みかど）へと繋いでいく布石であったと考えられるからである。

政治的社会的諷刺の観点からすると、かぐや姫側に忌部（いむべ）氏が関わり、求婚者の天皇側に中臣氏が関わるという対立構造の方がより時代的に作品の成立期に近く、現実の社会を反映していて、それだけ諷刺性が生々しかったに違いない。ところがこの対立関係は、むしろかぐや姫の出生と昇天の方に関わったことがらである。作品の構造からすれば、五人の貴公子のエピソードは、かぐや姫の出生と昇天という筋を大枠とする、その内側の部分にあたる。さらには、かぐや姫のこの世での結婚拒否の姿勢は、五人の貴公子の話を受けて帝の求婚談において貫徹するわけであるから、五人の貴公子の話は、物語を面白おかしく語ることを狙って、「語り」を楽しませながら、本来の主題をくっきりと際立たせる意図があったものと考えられる。つまり、やはり作品の大枠をなす筋にこそ作品の主題は込められていると見たい。

33 死による絶対的別れ——天上界と人間界の隔絶を描く

月へと昇天するかぐや姫に手をこまねいて号泣する翁夫婦の思いを、僧正遍照の歌「天つ風雲の通ひ路吹きとぢよ乙女の姿しばし留めむ」に重ねて読む読み方がある。[1] そして、天へと去る乙女の姿をかぐや姫に見て、悲しい死の別れを描いたものとみている。

かぐや姫は月からやって来た天女であったが、遍照の歌は五節の舞姫を天女に擬えて詠んだものである。舞姫が昇天するというイメージは、道真の詩でも、重陽の節供の舞姫を詠んだもの[2](『菅家文草』巻二)にみられ、また、都良香の「富士山記」(八七五)には、富士山頂で白衣の二人の美女が一尺あまりの空中で舞う姿が描かれている。

天上(天人)の世界と地上(人間)の世界の違いが、地上から天上へと帰っていくかぐや姫の変貌する姿を通して描かれている。天上の時間と地上の時間とに違いがあること、天の羽衣を着ることでかぐや姫から人間としての心、喜怒哀楽の感情が消えうせてしまうことなど。また、この世からかぐや姫を失った翁夫婦にとっても帝にとっても、かぐや姫が形見として残した不老不死の薬も手紙も意味のないものにすぎなかった。そこで帝は、勅使に命じて、富士の山の頂で不死の薬も手紙も燃やすよう命じたのであった。かぐや姫との別れは絶対的な別れであった。まさにそれは肉親との死の別れのイメージに通じる。

道真の詩に、「夢阿満」[3]（巻二）という詩がある。幼き我が子阿満(あまろ)を死なせて以来夜も寝られず、たまたま眠ったかと思うと、夢で阿満と会い、涙が流れてとまらない、と歌いだされる長詩である。阿満は七歳であった。男の子とみるのが有力だが、女の子としている学者もある。阿満の弟も幼くして死んでいる。また、先にも触れたのであるが、菅原家ではいち早く八月十五夜に観月の宴を催していたが、父是善(これよし)の死（八八〇）の後は、八月がその忌月に当たることになり、宴を取りやめている。道真にとって八月十五夜の月は格別な思いで見る月であったことであろう。

死はこの世での絶対的な別れであるといった死生観が、道真には肉親の死と向き合うことで培われたものと思われる。そうした死についての考えには、仏教思想が大きく影響していたのではないかと思われる。かぐや姫の迎えに月からやって来た使者たちが、地上五尺ほどの高さの空間に停止したという描写には、阿弥陀仏の来迎図の影響があると言われる。また、道真は十五歳のときから、依頼を受けて、周忌法会のときの願文(がんもん)を多く書いている。父母も仏教信仰の篤い人であったと言われ、その影響も受け、道真は自身を「菩薩の弟子菅道真」（巻四）と讃岐守時代の詩で称している。

『竹取物語』は、生を受けてこの世に生まれたものが死によってあの世に去ることを絶対的別れと捉え、伝奇的な手法によってではあるが、それを天上界と人間界との絶対的隔絶をもって描いた作品である。

注

（1）岡一男「竹取物語攷」（『古典と作者』文林堂双魚房、一九四三年）。

（2）「九日侍レ宴、観レ賜二群臣菊花一、応レ製」（一二四）に「莫教舞妓偸滄去、恐未黎収月裏奔」（舞妓をして偸に滄ひ去なしむることな　恐るらくは未だ黎に収めずして月裏に奔らむことを）とあるなど。

（3）巻二・一一七の長詩。「阿満亡来夜不眠、偶眠夢遇涕漣漣」（阿満亡にてよりこのかた夜も眠らず　偶眠れば夢に遇ひて涕漣漣たり）と始まる七言詩。

34　物語への飛翔――説話から「虚構の語り」へ

『竹取物語』は、新しい文学形態（ジャンル）の誕生であった。しかし、それまで語り継がれてきていた、さまざまな説話などの「語り」の型を踏まえるという方法によった作品である。にもかかわらず、決して口頭伝承の説話を再生産したものではなかった。いわば、「説話」から「物語」と称されるものへの飛翔であった。しかも「語り」とは言え書かれたものであったとみられている。では、その「飛翔」はどんなものであったのだろうか。

五人の貴公子の語りは求婚難題譚を踏まえている。説話としての難題譚は、結婚を実現させる前に障害として立ちふさがる難題を解決することでめでたく結婚を実現させるという、一種の通過儀礼の意味があった。(1) 結婚が実現してこそ、難題が課されるという設定に意味があった。ところが、そうした求婚難題譚の期待を裏切って、五人の貴公子はいずれも結婚できなかったのである。『竹取物語』が基にしたと思われる「竹取説話」では、帝（みかど）

を除く求婚者は三人であったらしく、しかも難題には、優曇華（うどんげ）の花など『竹取物語』には見られないものが取り上げられているが、しかし『竹取物語』では、求婚者が五人になり、しかも難題も蓬萊（ほうらい）の玉の枝など異なるものが取り上げられた。こうしたところに「飛翔」の姿がみられる。

羽衣伝説の型が踏まえられていることは周知のことであるが、なかでも老夫婦が女子を神からの授かり子として養女とする点で、古いものでは丹後の羽衣伝説が近い話型をもっている。しかし、天女の現れ方と去り方に違いがあった。天から沐浴（もくよく）のために飛来したのと竹から生まれたのと、そして翁夫婦から邪魔者扱いされて追放されるのと惜しまれながらやむなく別れて行くのと、こうした違いをもって語られている。

また『竹取物語』はいくつかのエピソードに区分できるが、その節目節目には話のオチのような語源説がついていて話をまとめている。こうした話の型は、『丹後国風土記』逸文の羽衣伝説にも見られるように、「風土記」に特に多くみられるもので、地名の起源説話になっている。つまり固有名詞としての地名について、なぜここにこんな地名があるのかを語っている。それに対して『竹取物語』では、「かいなし」や「よばひ」など一般語を取り上げて、その語源を説明している。例えば「かいなし」は、中納言が子安貝を得られなかったことから「甲斐（貝）がない」というようになったことばだ、と語っている。ただ一つ例外があり、「富士の山」だけは地名である。しかし「ふじのやま」とは「士（つわもの）どもを大勢つれて（豊富に）山へ登ったこと」から付けられた名前だというのだが、[2]これでは「風土記」の地名語源譚のように、耳で聞いただけでは理解できない。字に書いてみて初めて分かるのである。このように語り方にプレテクストからのいろいろな「飛翔」がみられる。こうした方法を駆使して説話ではなく、新しい「虚構の語り」というジャンル「物語」（作り物語）を生み出したのである。

注

（1）難題を解くことには、力（勇気）と知恵を持って困難を乗り越えられる一人前の男であることを示す意味があった。

（2）出雲朝子「『竹取物語』末尾の富士山地名起源説話について」（『汲古』第58号、汲古書院、二〇一〇年）は、伝本の〔流布本系〕と〔古本系〕の大尾の本文の相違を重視し、〔流布本系〕本文から「士に富む」→「富士」と解釈するのは無理であると結論している。「士」の当時の用字法の詳細な分析を踏まえており、無視できない論考である。

35 国風文化の開化と高揚――「うつし」の技法が生んだ成果

菅原道真は多くの漢詩や散文を残しているが、道真の文芸の方法に「うつし」という精神活動を読みとる文芸評論家がいる。[1] 道真編纂の『新撰万葉集』は、和歌を漢詩に「うつす」試みを実施したものとみている。納得のいく指摘だと思う。「うつし」という語は多様な広がりをもった言葉である。先に『竹取物語』を、それまでの神話・伝説などや説話から物語という文学形態への「飛翔」であったと見たが、これを「うつし」という言葉に置き換えてもよかった。「うつし」には、単なる模倣に留まらず、創造的な行為と評価できる場合も存在しうるのである。

もっとも独り道真の活動に限るものではなく、平安初期ないし前期は文化の「うつし」の時代であったということもできる。言われる通り、漢字から平仮名・片仮名が生まれてきたのは、「うつし」の活動の成果であり、それが国風文化の開化の礎となった。[2] 文学では、漢詩隆盛の時代から、生活の中での、歌合(うたあわ)せや屏風(びょうぶ)歌などの文化活動を背景にして和歌文学が隆盛の時代を迎えた。勅撰集は漢詩集にはじまったのだが、『古今和歌集』という勅撰和歌集の成立は、それを象徴している。また、唐絵から倭（大和）絵が確立してくるなど、総じて唐風から和風への「うつし」の時代であったのである。『竹取物語』は、語られる世界の時を設定するにあたり、「昔」から「今は昔」へと語りだしを新たにしているが、[3]そこにも「うつし」の精神の片鱗を見ることができる。そうして説話から物語へという「うつし」がその結果、誕生した。

一方この「うつし」は、それまでの漢文体による散文の世界、「記」や「伝」からの「うつし」でもあったと考えてみなければならない。例えば「続浦嶋子伝記」や「富士山記」といった「語り」から、どのように飛翔することで、新たな仮名文による虚構の「語り」が可能であったのか、という課題である。

「うつし」の精神は、少し語弊があるかもしれないが、『竹取物語』の語りの方法にも見ることができるのである。『竹取物語』には全篇に「ことば遊び」がちりばめられている。その原理は、一言でいうなら掛詞（かけことば）的表現である。掛詞は、和歌の修辞として、それまでの中心的技法であった枕詞（まくらことば）や序詞に代わって、平安時代になって盛んに用いられるようになり、縁語とともに和歌の中心的技法になったものである。掛詞は、一種の言葉の「うつ

し」の技法であると言える。(4)

かぐや姫を竹から見つけて、「こになり給ふべき人」と翁が言う。「こ」には「籠」と「子」が掛けてあると読まれている（「こ（籠）に入れて養ふ」ともある）。またエピソード毎に、語源譚でオチ（落ち）がつく。例えば、鉢を贋物と見破られた石作皇子が、恥も外聞もなくかぐや姫に言い寄ったことから「はちを捨つ」というのだと語る。「はち」に「鉢」と「恥」が掛けてある。こうして「つきのみやこ」（月宮）に「いつきのみや」（斎宮）が読み取れることにもなる。「蓬萊の玉の枝」の段の歌に「言の葉を飾れる玉の枝」とあるが、作者は、言葉でさまざまな滑稽を持ち込むという手法を生み出していたのである。

注

（1）大岡信『詩人・菅原道真』（岩波書店、一九八九年）はサブタイトルを「うつしの美学」とつけているように、道真の文化活動の本質を「うつし」というキーワードで捉えている。「うつし」は「うつす（移す・写す・映すが核の概念）」の名詞形。

（2）小島憲之氏は、平安前期文化の和風化する以前の「唐風謳歌時代」を「国風暗黒時代」と称している（同著『国風暗黒時代の文学』全九巻、塙書房、一九六八年―二〇〇二年）。

（3）塚原鉄雄『王朝の文学と方法』（風間書房、一九七一年）、5注（1）参照。

（4）掛詞という手法は、日本語の音節構造の特質を生かした、日本語の後世にみる様々な「ことば遊び」のベースになっている手法で、それは今の「だじゃれ」「おやじギャグ」まで手法としての基本には変わりがない。

36 道真誕生伝説――「竹取」に似た道真の伝承

菅原道真は、『公卿補任』の記事や通称が「菅三」であったことから、一般に菅原是善の三男であったとされている。ところが道真は詩に「我に父母無く、兄弟無し」（『菅家文草』巻二）と詠んでいるのである。特に「兄弟無し」、これをどう考えるべきかについて、いまだに定説が無い[1]。一方伝承上ながら、道真の誕生については奇妙な話が伝わっているのである。

　北野天満宮の根本縁起である国宝『北野天神縁起』（絵巻）の冒頭のエピソードはこうである。ある日是善が、屋敷の南庭にかわいい五、六歳の男の子が遊んでいるのを見つけて、そのわけを尋ねると、「私には住む所も父母も無い、あなたを親としたい」と答えた。そこで是善は喜んでこの子をわが子とした、それが道真である、と。

　菅原家ゆかりの吉祥院天満宮（京都市南区）の文献によると、是善夫婦には初老になっても子がなく、天女（吉祥天女か）に祈ったところ、満願の夜、老いた妻が子を授かる夢

『北野天神縁起』（絵巻）から、菅原是善と幼い道真との出会い（北野天満宮提供）

を見て、やがて身重になり、誕生したのが道真であるという。まさにこれは中世に多く見られる申し子譚である。先の話よりこの方が現実味がある。ところで『竹取物語』も神からの授かり子という話型（「小さ子」譚）になっていると考えることができる。『神道集』の「冨士浅間大菩薩の事」では、ある老夫婦が子の無いことを嘆いていたところ、後ろの庭の竹林から五、六歳の幼女が現れ出たので、老夫婦は喜んでその子を養女とし、かぐや姫と名付けて大切に育てたという話になっている。

また、吉祥院には、先の『北野天

神縁起』のとよく似た話も伝わっており、幼い道真の示現した場所を「七男畠」というと伝えている。そこで思い出される興味深い伝承が、琵琶湖の北、余呉の桐畑家にまつわる「桐畠太夫縁起」と言われる伝承である。余呉の羽衣伝説の別伝となっていて、天女は桐畠太夫の妻となり一男をもうけたが、羽衣を見つけて天に帰ってしまう。残された子が母が恋しくて石の上で泣いていたところを、菅山寺の僧が引き取ったが、やがてその寺を訪れた菅原是清（是善のことか）がその子を養子として都に連れ帰った、それが菅原道真であると伝えている。(2)

なお『竹取物語』の作者を道真とみる状況証拠の一つは、道真が讃岐守となって、実際現地に赴いていることであったが、道真の在任中の話として、讃岐にはこんな話が伝わっている。道真が瀧宮の別荘に遊びに行ったとき、夜通りかかった叢林の中に光るものがあるのを見つけた。そばに行って見ると、「神童」がいて「私はあなたを待っていた」という。熊野権現であった。また、黒麿という人がいたが、その人の庭前に星が一つ落ちて来て、少女となった。子が無かった黒麿はその子を養女とし、名を善女と呼んだ。少女は良く酒を醸み、それで人々の病を治したという。神社の祭神由来談になっている。

『竹取物語』の話の枠組みによく似た、道真にまつわるこれらの伝承をどう考えるべきか、今は保留にして伝承の確認と記録だけにとどめておきたい。

注

（1）巻二の漢詩のときは、すでに母についで父もなくなった後で「兄弟無し」でもあった。二人の兄は早世したのではないか、という見方が有力か。

（2）なお、「菅山寺」とは、その後宇多帝の命によって入山した道真によって改名された寺名と伝える。「菅」の字から生まれた伝承であろうか。真下五一『菅原道真生誕地の研究』（風間書房、一九七二年）、及び湖北・余呉湖近くの桐畑家に伝わる「桐畠太夫縁起」など。

37 道真作者説の可能性――先祖に土師氏、月に詳しく

『竹取物語』の作者を特定する上で、無視できない課題がある。一つは、現存の諸伝本『竹取物語』が原『竹取物語』とどういう関係にあるとみるべきか、また物語以前の「竹取説話」があったとすれば、それはどんなものであったのか、という課題であり、一つは、現存のテキストの文体や表現にみられる不統一や矛盾をどう解釈するか、である。これらの課題を念頭におく時、最も危ぶまれるのは、現行のテキストは何段階かを経て成長してきた結果ではないか、またそれゆえ、作者も複数ではないかという可能性である。しかし、私は、このことも踏まえた上で、『竹取物語』という「物語」の成立に少なくとも道真がかかわっていたに違いないと考えている。

その根拠を、これまで述べてきたつもりであるが、特に重視してきた根拠をまとめてみると、まず道真は讃岐守（さぬきのかみ）として実際現地に赴任している――竹取の翁（おきな）の名「讃岐のみやつこ」とかぐや姫の名付け親忌部（いむべ）氏とに関係すること。菅原氏の先祖が土師（はじ）氏であった――

道真ゆかりの北野天満宮（社殿）。神牛が境内のあちこちに臥している（京都市上京区）（北野天満宮提供）

『古事記』にみるかぐや姫は垂仁天皇の系譜にあり、垂仁天皇の葬送に深く菅原系土師氏がかかわったと思われること。丹後に土師氏の存在したことが確認できる――『竹取物語』は、特に丹後の羽衣伝説の話型を踏まえていると読めること。伊勢外宮の神（豊受大神）は丹後の羽衣伝説の神（豊宇賀能売命）である――かぐや姫は伊勢の斎宮のように、この世の男との結婚を拒否したこと。さらには、道真が、中国における月の伝承や文学に詳しく、また竹に対しても特別な思いを抱いていたことがその漢詩や願文を通して分かること。文章博士にもなり、紀伝道における俊才として、中国の典籍のみならず、『類聚国史』を編纂するなど日本の歴史にも通じていたこと。漢詩のみならず、和歌にも才能を発揮した人であったこと。そして、「菅家廊下」を経営し、勘解由曹局の長官を務めるなど文化活動の環境に恵まれ、その多くの仲間の中心にあったこと等々。

『竹取物語』作者に道真を思い描くようになって、二十数年になる（二〇〇二年五月現在）。部分部分の論述において、さまざまな分野にわたり、いかに多くの先学や同学の人たちの考えや研究の成果を活用させていただいてきたか、を思うと、感謝の思いでいっぱいである。

はからずも今年（二〇〇二年）は、菅原道真没後一一〇〇年の年に当たる。先日小さな研究会（知恵の会・当日は「牛」がテーマ）で、「菅原道真公と神牛の謎」と題して、なぜ北野天満宮では神牛が臥しているのか、について興味深い仮説を聞かせてくれた人がいる(1)。神使いの動物で、臥した姿で境内に見られるのは天満宮の神牛だけだが、「臥した姿」は動かないという意思の現れを意味し、道真が怨霊に戻らないようにと怨霊鎮めの呪術になっているのだという。

『竹取物語』のみならず、道真を巡っては、まだまだ話題は尽きないようである。

注

（1）小寺慶昭「北野天満宮・神牛の謎―なぜ牛は臥しているのか？」（知恵の会・代表糸井通浩編『京都学の企て』勉誠出版、二〇〇六年）。

〔参考〕

龍谷大学図書館蔵本・奈良絵本『竹取物語』解題

竹取物語（中川文庫本）

原装上・中・下の三冊本であったものの、下冊を欠く上・中二冊の零本。中川浩文元龍谷大学教授旧蔵本、以下中川文庫本と称す。十七世紀後半の制作（中川教授の推定による）。鳥の子紙を用いた袋綴本で、横本（中型）。縦十六・八糎、横二十四・二糎。表紙は、濃紺紙に金泥で、菊など秋の草花を描き、表紙中央に「竹取物語上（および中）」という題簽を貼付する。見返しは、白地に銀箔を全面に散らせている。遊紙はなく、次葉から直ちに墨付本文となる。丁数は、上冊が二十四丁、中冊が二十丁、共に一面十三行書き。

金箔や極彩色の顔料を用いた挿絵が、上冊に六図、中冊に五図ある。いずれも単純な構図で、いわゆる奈良絵に属するとみられる。天地に霞の雲形を描く。虫損は皆無といってよいが、墨字の摩滅や挿絵の金箔・顔料などの剝落がかなり見られる。手垢の汚れなども合わせ、多くの人々に繰り返し読まれたことが想像される。

上冊は、物語の冒頭から、「家の門にもていたりてたてり」（「火鼠の皮衣」の段半ば）まで、中冊は、「竹取出きてとり入れてかくやひめにみす」から、帝の会話の途中「御つかひたひしかとかひなく見えすなりにけり」までである。欠く下冊は、「かくたいだいしくやは慣らはすべき」（新潮古典集成本による）から物語末尾までであったと思われる。

中冊の一二丁は袋綴になっておらず、「一二丁オ」は、「とらしめた／まはめと申」（燕の子安貝の段）の後、四行分の空白があり、本文は「一三丁オ」の「中納言よろこひ給ひて」に続いている。

そして「一二丁ウ」は白紙になっている。とすると「一二丁オ」は本来四行分の空白部分には「散らし書き」を施して絵が次に来ることを予告し、「一二丁ウ」には挿絵を入れる予定であったのではないかと推定される。

また、中冊末「二〇丁ウ」は、帝の会話の途中で本文が切れているが、それは巻末であるための処置か、散らし書きになっている。あるいは、この次葉に挿絵がつくことになっていたのかとも想像されるが、中川教授の「本文読解力のさほどなかったと考えられる本書の祖本、または本書の書写者が想像できるであろう」（参考文献①による）という解説に従っておく。

なお、中冊「一八丁オ」は、葉末が散らし書きになっていて「一八丁ウ」には挿絵が貼付されている。その絵の裏面に、次のような物語の一部が書かれている（裏書）。

かんしやうきもすみここ／ろもそらにあくかるる／まことにてん人もやう／かうあるかとそおもしろさ／なこりはいよいよおしけれ／ともあすのくれよとふかく／ちきりつつちこはみのおへかへらるるちうしやう／はみやこへ／たちわかれける／大りへまいり／給ひて／みかとにこのよし

（「／」は改行の印、本書の本文と同筆と思われる）

右の「はみやこへ」以下は散らし書きになっていて、次に挿絵が続いたものであったのだろう。これは、「青葉の笛の物語（別名仁明天皇物語）」の一節で、『室町時代物語集　第二』（大岡山書店の二八六頁下段中央部（奈良絵本「仁明天皇物語上」）の本文にほぼ該当する。

本文系統については、すでに中川教授による精細な調査があり、「他の奈良絵本『竹取物語』が古活字十一行乙本の写しであるのに対して、本書が古活字十一行丙・丁本のうつしである」という結論には異議はないが、さらに次のような伝本系統に関しての補説を加えることができる。

『竹取物語』本文の異本関係にはさまざまな場合があって、常にすべてを取り上げて系統を考えていては煩雑を極めるところがある。そこで、際立った異本本文部分を抽出して一定の整理をしてみることを考えてみるべきであろう、と思う。

「竹取の翁」の名については、「さぬき」「さるき」「さかき」の三種の本文が対立する。また、家に連れ帰った「かぐや姫」を養う寝床が、「こ（籠）」「はこ（箱）」「てはこ（手箱）」の三種の本文が対立している。

中川教授の結論において、「他の奈良絵本」を「他の」といっても、中田剛直氏が取り上げた奈良絵本三本のことであり、それらは、十一行乙本も含めて、「さかき―てはこ」系の本文なのである。北島本奈良絵本（新井信之氏蔵）もこの「さかき―てはこ」系である。「さかき」とするものには武藤本などもあるが、諸氏が説くように、これは「さるき」の転化本文と考えられる。それに対して、本書（中川文庫本）のみならず奈良絵本のうちには、「さるき―はこ」系本文の一群が存在する。龍大図書館蔵のもう一本の奈良絵本『竹取物語』（三冊完本）や中野幸一編『奈良絵本絵巻集1』所収の二本の奈良絵本もそうである。絵巻・奈良絵本以外では、古本系（ただし、平瀬本を除く）や十行乙本、正保三年版本などが、「さるき―はこ」系本文をもつ伝本である（もっとも、十行甲本は、「さるき―こ」系である）。

本書本文には存疑とみるべき個所（翻刻にあたり[注]（ママ）と処理した個所など）があるが、多くが正保三年版本と一致していることは注目してよい。中田氏の調査によると、奈良絵本絵巻本では、北島本を除いて、すべてが「製版本系の写し」とされているが、本文の系統は大きく「さるき―はこ」系と「さかき―てはこ」系とに二大区分すべきではないかと思われる。

翁の名については、「さぬき―さるき―さかき」の順に異本本文が生じたと見る見方が通説化しているが、姫を養った寝床についても、「こ（籠）」本文である「いとおさなければこにいれてやしなふ」から「はこ（箱）」が生じ、さらにそこから「てはこ（手箱）」本文が派生したと考えられるように思う。この変化には絵に描かれた寝床の形が影響しているかもしれない。とすれば、「さかき―てはこ」系は最も新しい本文系統であるというべきことになる（参考文献は次の伝本の解題の末尾に掲載している）。

注　龍谷大学善本叢書『奈良絵本下』（思文閣出版）

竹取物語（三冊完本）

写本上・中・下の三冊本（完本）。料紙は鳥の子紙で、列帖装。寛文・延宝頃の筆写と推定されている。縦二十三・二糎、横十七・二糎。虫損部分には裏打ちが施され補修されていて、また、挿絵の顔料の剝落もほとんどなく、保存状態は全体的に良。

表紙は、黄土色の地に捺した文様がかすかに見える。上巻には、花をあしらって、蔓状の円形文様、中巻には、波模様に桜花を散らす、下巻には、草の模様。題簽が中央に「竹とり物語上」「たけ取物語中」「竹とり物かたり下」と貼付されている。本文料紙には、薄金泥で、草花（紅葉・松葉・野菊など）の文様を描いている。丁数は、上冊が墨付二十四丁に遊紙三丁、中冊が墨付二十四丁に遊紙三丁、下冊が墨付二十五丁に遊紙一丁（翻刻では、遊紙部分はカットしている）。本文は、十行書き。

挿絵は、上冊に四図、中冊に四図、下冊に四図で、一頁ものと見開き二頁ものとがある。いずれも本文料紙に貼付されたもの。一般の奈良絵よりは、しっかりした構図をもち、丁寧に描かれた濃絵、土佐派流の絵と見える。画面の天地には、雲形の霞をたなびかせている。

本文は、上冊が物語冒頭から「たまさかるとはいひはしめける」(「蓬萊の玉の枝」末尾)まで、中冊が「火鼠の皮衣」の冒頭から「うたてものたまふものかな」(内侍中臣房子の会話の途中)まで、下冊が房子の会話「みかとの御つかひをは」から物語末尾まで、となっている。

本文系統は、先の中川文庫本の解題で述べた「さるき―はこ」系の本文に属して、本文として存疑とすべき個所(翻刻では(ママ)と記しているところなど)の形・表記の多くが正保三年版本と一致することが注目される(上坂信男編『九本対照竹取物語語彙索引』本文篇による)。絵巻・奈良絵本の類の本文は、「製版本系」(中田剛直氏著書による)であると指摘されていることに該当する。

その他、筆写に際しては、かなり雑なところがあり、改行の際、字が落ちたり、逆に衍字が生じたり、目移りによる行の繰り返しなど(上巻九丁ウ、中巻二二丁オなどにみられる)、また逆に文や句の脱落したところ(下巻三丁ウ、同一六丁ウなど)が存在する。

挿絵の前葉や巻末では、本文が散らし書きになっている。

〔参考文献〕

①『竹取物語の国語学的研究　中川浩文論文集・上巻』(思文閣出版、一九八五年)
②中田剛直『竹取物語の研究(校異篇・解説篇)』(塙書房、一九六五年)
③上坂信男編『九本対照竹取翁物語語彙索引(本文編)』(笠間書院、一九八〇年)
④徳田進『竹取物語絵巻の系譜的研究』(桜楓社、一九七八年)
⑤中野幸一編『奈良絵本絵巻集1　竹取物語』(早稲田大学出版部、一九八七年)

〈探究ノート〉

『竹取物語』の時代背景——「享受の精神構造」を掘り起こす

1　表現素材の系譜論・機能論
――『竹取物語』を中心にして

殊に上代・中古文学において、その表現素材の、漢籍文等外国種に拠るという指摘などに代表される系譜論がますます徹底する方向にある。一方において、表現世界の自立的構造を「読む」ことの徹底において究める機能論も重視されている。表現研究において、系譜論も機能論も不可欠な方法（観点）である。ただ、この二つの文学研究の方法が（全く私の感覚的独断的印象によるならば）、系譜論が機能論を射程内に見据えておらず、又機能論が系譜論を吸収しきっていない、といった状況にあるように思われる(1)。

短絡的に、系譜論と機能論とを結合することはできない。「書くこと」が（「書くこと」の表現機構、精神構造が）研究批判の視点に浮上してきたのは、この二つの方法に対する認識、あるいは自覚の欠落を補塡する問題意識からであったと言えようか。ここでは、表現がよってかかる（頼りとする）ところの「享受の精神構造」（論としては、言わば読者論。同時代性と現地性（社会性）とを座標とする）を視点に定めて、系譜論と機能論の間にある問題について考えてみたい。勿論、作品成立時代の「享受の精神構造」の実態把握は、文献的に制限のある時代であればあるほど、そのイメージ化は困難を極めることになるのであるが。

『竹取物語』の語源説話は、系譜的には「風土記」など上代の地名起源譚を継承しながら、それらとの異質性をも生み出している。「風土記」の地名起源譚が「今・ここ」の名として存在する「地名」を説明するために譚（語り）を成立させているのに対して、『竹取物語』の、例えば「よばひ」語源譚は、「今・ここ」における「こと」を規定する性質においては、より一般化された語りになっている。ただ、注意すべきことは、例えば、一般語「恥を捨つ」が、様々な「今・ここ」という「こと」に通じ得るものであるのに、それを『竹取物語』では、あえて一回的な「今・ここ」の「石作皇子」のことに結びつけているところに、「もの」の志向の不徹底性を見ずにはいられない。つまり「石作皇子」のことが「恥を捨つ」の一つの例として、または「恥を捨つ」ことの象徴・比喩として語られたものであったのならば、「もの」の語りは徹底する、ということにおいてである。

「つはものどもあまた具して山へ登りけるよりなむ」（武藤本）「ふじの山」と名づけたという地名起源譚も、「風土記」など上代のそれとは本質を異にする。上代のそれが、すべて和語を耳で捉えて理解できる語源譚であったのに対して、『竹取物語』の場合、仮名表記「ふし」は、この語源譚の直接的な理解を拒否する（『竹取物語』においても耳で理解できる「不死」を含めていたが、むしろ表現価値的には二次的であった。後代においては「不死」が一次的なものとして浮上した現象がみえるが）。

これは本来、本文が漢字表記「富士」であったとみるか、又はそれは当時、常識（享受の精神構造）化されていたから、仮名表記「ふし」で充分「富士」という表記が連想できたとみるかの問題でもある。すでに指摘されているように「ふじ」を「富士」と表記するのは、『続日本紀』以下主として公式の記録類に定着した表記であった。漢字表記を前提にしてしか、右の語源譚は成立しない（成立してもこれでは和語「ふじ」の地名語源説とならないのは言うまでもない）。ここに、後世多くなっていく、表意文字の漢字からする民間語源譚の成立の始原をみることよりは、当時の読者の（あるいは作者の）理解言語場の質（読者の層など）を指摘することが重要であろう。

『続浦島子伝』を論じて「文学工房――勘解由の曹局」を捉えること（渡辺秀夫「初期物語成立史の断想」『国文学研究』六十七集）は、重要である。早くに、その竹取物語論において勘解由曹局を詳細に論じたのは森重敏（『文体の論理』所収論文）であったが、私が『竹取物語』と菅原道真とを結びつけた「ノート」[2]を発表してきた根拠の一つは、道真が勘解由曹局の長官を歴任していることにあったが、学者官人の多くが、この曹局を場として同時代の読者としての「享受の精神構造」を形成していたと考えられることが重要であった。

「富士」のことにしても、多くの「伝」の成立にしても、受領層の学者官人たちが「語りの場」

とした曹局に視点を当てて考えてみる必要がある。例えば「藤原保則伝」にみる「良吏像」が、享受の精神構造を媒介とするならば、紀貫之『土左日記』の「土左の別れ」と系譜論的に、又、機能論的にいかに関わったかは、新たな問題となってこよう。

「かぐや姫」という名、日本紀竟宴の場をたくましく想像し考えてみるならば、『古事記』の開化記系譜にみる「迦具夜比売」（垂仁妃の一人）を思い出し、その叔父が「讃岐垂根王」であることが注目され、思い浮かべられることになるが、曽祖母が「竹野比売」であり、比売の父が「大筒木垂根王」であることがもっと重要であろう。「大筒木」は「竹」そのものであり、この「王」が、日子坐王の子「山代之大筒木真若王」との関係が深いならば、山城国綴喜郡にも拠点をもっていた息長族—息長帯比売（神功皇后）にまつわる住吉明神の「筒」神伝承、つまりは「海童神」たる「小さ子神（ちいこ）」の伝承といった関連性が、当時の読者の「享受の精神構造」の射程内にあったと想像してよいのではなかろうか（これは、系譜論的認識である）。

表現素材の系譜論は、典拠論だけではない。読者の享受の精神構造をも問題にするものでなければならない。このことは、和歌文学にとっては、殊に重要なことであったかと思われる。

注

（1）例えば、一つの製品について、何を材料にしているかを論じるのは系譜論で、その製品がどんな働き、どんな価値を持っているかを論じるのが機能論ということになる。同じ「机」という機能をもつ製品も、材質が木材であったり金属であったり異なる、つまり系譜が異なるのである。

（2）『愛文』（愛媛大学）第11号〜第14号に掲載（昭和五十年—昭和五十三年）。なお本書〈探究ノート2、4、6〉に再録。

2 『竹取物語』の月と姮娥伝説

(序) かぐや姫と月

チベットの斑竹姑娘譚との類似性が指摘されている『竹取物語』であるが、帝の登場以下の「御狩のみゆき」「天の羽衣」の段は、『竹取物語』独自の展開のみられるところである。そのうち、この小論では、かぐや姫の「月への昇天」というモチーフについて、なぜ「月」であったのか――つまり、天女の昇天が月へであったことの、当時の読者(主に文人たち)にとっての必然性[1]を追求してみたい。

(一) 外宮は月の神――姮娥・昇女の異名

『太神宮参詣記』(群書巻第廿七・坂土仏述・康永元年(一三四二)十月の紀行)をみると、「当宮(注・伊勢外宮)をば天照豊受太神と申、すなはち月神なり」とある。南北朝期に外宮祭神を月神と結びつけていたことがわかる。さらに、「これにつきて神書の説これおほし」とするように、このことは、鎌倉期の偽書とされている「神道五部書」（以下國史大系による）のうちにすでにはっきりと指摘しうる認識であった。

「御鎮座次第記」に、天照（皇）太神が「但波乃吉佐宮」に遷幸の折、「止由気之皇神天降坐天合明斎徳給」とある。又、多賀宮の祭神止由気皇太神荒魂について「（伊弉諾尊）復洗二右眼一。因以生二月天子一。天御中主霊貴也。天下降居而。名二止由気太神之荒魂一。多賀宮是也」とある。ここに、豊受太神が天降りした神であり、それが月からであったという考えが見えている。ただし、「復洗二右眼一。因以生二月天子一。」とするこの神は、「記紀」神話によれば、月読命であったことからすると、ここでは、豊受太神荒魂を月読命と考えていたものと判断される。この月読命と、豊受太神を月神とすることに関しては、なお考えねばならない問題をはらんでいるが、別の機会にゆずりたい。

この外宮の祭神豊受太神が丹波国比治の真名井から遷祀されたことは平安初期の『止由気宮儀式帳』にみられるが、『丹後国風土記』逸文が伝えるごとく、真名井の神豊宇賀能売命は、天降りして水浴をしていた八天女の一人であった（丹後の羽衣伝説）のだから、豊受太神が天降りした神であるという伝承は古来語り継がれていた事柄であったとみてよい。「御鎮座伝記」では、「二柱（注・天照大神と豊受大神）御太神。予結幽契。永治天下乎。或為日為月」とある。

このように伊勢神宮の内宮・外宮の神を、天上の日・月に対応させるという構造は、少なくとも鎌倉期には確立していたことがうかがえる。さらに外宮の祭神と「月」との結びつきは、もっと具体的に語られていたのである。

「酒殿（略）豊宇賀能売神。亦名姮娥。亦名昇女。従月天降坐。善醸酒。此処居神。則竹野郡奈具社是也。（略）」（「御鎮座伝記」）

「亦酒殿神（略）丹波国（注・後の丹後国）竹野郡奈具神社是也。以代昔従二月殿(ミヤ)一天降坐。亦名二姮娥昇女一。稲霊。電光(イナヅマ)所変也。（略）惣吉祥之瓶中。溢二甘露之酒一。直会集人除二万病一。延レ命良薬也。（略）」（「豊受皇太神宮御鎮座本紀」）

比治の真名井伝説（丹後の羽衣伝説）の天女が月天（宮・殿）から天降りした神であったという伝承の定着を読みとることができる。そして、そのことをさらに明白に物語っているのが「亦名姮娥昇女」の表現である。では、いつ頃、丹後の羽衣の天女を月宮の人とするようになったのか。これはむずかしい問題であるが、この「姮娥昇女」の語を手がかりにすると、羽衣の天女を月宮の人とする伝承の型の成立は平安時代に遡らせることができるように思われる。

姮娥は、中国の神仙譚から移入された語で、『淮南子』『霊憲序』等に見えるもので、羿(げい)という男が、仙女西王母に不死の薬を求めたところ、羿の妻姮娥（嫦娥・常娥とも）が、その不死の薬を盗んで飲み月に奔り、月の女（精）となったという話である。固有名詞「姮娥」は、この伝承に基づいて、月に住む美女を意味する普通名詞として用いられるようになり、さらに、次の例のように「月」そのものを意味して用いられもした。

姮娥　何事ぞ　遅々として見る(あらは)

為是に(かるがゆゑ)　人の情(こころ)　秋に耐へず

（『菅家文草』五・426「賦　晴霄将見月」、訓みなど以下、岩波日本古典文学大系本による）

右は、菅原道真の漢詩であるが、道真が唐文化を吸収する面において、「月」に関して高い関心を示していたことが注目される。

（二）観月の宴――八月十五夜

かぐや姫は八月十五夜に昇天した。その八月十五夜の月を明（名）月として、観月の宴を催すという風習は、盛唐の頃にはじまり、以後盛んになっていったものと言われ、日本における、その文献的にたどれる最初が、島田忠臣・菅原道真らの漢詩であって、貞観の頃に始まったのではないかということは、最近の二、三の論稿（鳥越憲三郎『歳時記の系譜』、奥津春雄「中秋名月と竹取物語」、同「『宇津保物語』における八月十五夜」）で説かれる通りである。それは又、同じく貞観五年（八六三）に創始されたという、どちらかというと土着的な月の信仰に基づいているとみられる、石清水八幡宮の放生会が八月十四、十五日であったこと（桜井満『花の民俗学』）とも重なって、貞観年間に、八月十五夜の観月の宴の熱は貴族の間で高まりつつあったものとみえる。

以下に、岩波日本古典文学大系の『菅家文草・菅家後集』の番号によって、月の記事の一部を指摘しておく。

「八月十五夜」を題に持つ詩が、貞観六年（八六四）のものを初出として、9・12・30・39・64（以上巻一）とあり、126・152・298・441にもみられる。巻二以下において少なくなるが、それには、「仲秋翫月之遊、避家忌以長廃」（126）という事情のためであったであろう。「家忌」とは、八月が亡父是善（元慶四年（八八〇）薨去）の忌月にあたることを言う。

「九日侍宴、観賜群臣菊花」（124）に、「舞妓をして偸に飡（くら）ひ去なしむることな　恐るらくは未だ黎（おもむろ）に収めずして月裏に奔らむことを」とあるのは、大系本補注に言う通り、教坊の「舞妓」を先の中国神仙譚の「姮娥」に比したものであることは明らかである。

道真の散文においても、源能有の先妣（母）伴氏の周忌法会願文（637・貞観五年『菅家文草』十一・願文上）をみると、「収二染竹之余涙一」という斑竹伝承をふまえた句のみえることもさることながら、「当二是時一也、姮娥出レ海、乍誤二慈顔之遂レ月来一。少女生レ林、還疑二哀訓之因レ風至一。」とあることは注目すべきであり、道真における姮娥伝承吸収のうかがえる早い例でもある。さらに、「為二大枝豊岑・真岑等一先妣周忌法会願文」（638・貞観六年八月十五日）「為二温明殿女御一奉下賀二尚侍殿下六十算一　修中功徳上願文」（643・貞観十三年）「為二諸公主一　奉レ為二中宮（班子女王）一修二功徳一願文」（664・寛平四年）などからも、姮娥伝承をふまえた句を抽出することができる。

こうした道真の関心をたどってみる時、貞観から寛平にかけての頃、神仙への関心の高まりとともに、当時の文人（知識人）達にとっては、月の美女姮娥と月の不死の薬とは、典型的なロマンの世界として認識されていたことが思われる。そして、仮名文『竹取物語』が、貞観以後、延喜以前のうちで成立したと説かれることと考え合わせるなら、かぐや姫に姮娥の俤をよみとるということは、当時の人々にはごく常識的な理解であったことと言えよう。

（三）日本における「姮娥」伝承

「神道五部書」に見えるような、豊宇賀能売命を姮娥と結びつけるという考えが成立することも、すでにそれほど唐突なことではなく、偽書とは言え、「神道五部書」に見えるような伝承は、かなり早い時期に成立していたと考えられる。ましてや『竹取物語』を媒介にするならば、ごく自然な成立であったと言えるのである。

なお付加するなら、『新撰万葉集』（『菅家万葉集』とも・群書による）をみると、「夏の夜の霜やふれるとみるまでにあれたるやどを照らす月景」（上夏）につけられた詩句に「姮娥触処翫二清光一」とあり、「夏の風我がたもとにしつつまれば思はん人のつとにしてまし」（下夏）に対する詩に「姮娥恋思別深身（イ心）」とみえ、さらに、「姮娥手栢廻儛倉」（下秋）「月宮仙人功任添」（同）「月宮凝映娥眉月」（同）「蒼天月宮無二収人一」（下冬）などの詩句に「姮娥」のみならず「月宮」

の語も見ることができる。

ところで、「姮娥」の、日本の文献における登場はもっと早いのである。『文華秀麗集』（岩波日本古典文学大系本による）に、「内史貞主の「秋月歌」に和す」（137）と題する御製（嵯峨帝）に「姮娥に従ひて薬を竊（ぬす）みて遁げず、空閨月に対かひて離居を恨む」とあることも注意されるが、なによりも、同じ御製詩「侍中翁主挽歌詞」（87・88）に「月色姮娥惨み星光織女愁ふ」とあって、「侍中公主」の死をかなしむ形容となっていることは注目される。

この御製に和した菅原清公の詩（89・90）もある。菅原清公は、道真の祖父で岩波日本古典文学大系『菅家文草』の（298）の頭注に「菅原家では、祖父清公以来、八月十五夜には、公宴に陪することがなければ、月亭に菅家廊下の門弟を会して翫月の詩宴を催すのがならわしであった」とする、その清公である（その「翫月の詩宴」が元慶四年先考是善の死によって廃されたことは先に述べた）。

先にみた『菅家文草』の願文も「周忌法会」の際の文章で、一種の挽詞と言うことができようか。女性の死を悼むことにおいて、月女の姮娥のことが思い合わされるという発想が類型をなしていたとも受けとれるのである。このことは、岡一男氏が早くに「竹取物語私考」において「姫の出生を竹のふしの間におき、最後を八月十五夜の昇天においたのは、首尾一貫して戯曲的だが、この昇天には、人間の死といふ普遍的事実が象徴されてゐると見てよい」と指摘されたことが思い出される。

上代において数例を指摘しうる「真間の手児名」型の、複数の男性から恋された乙女が自の身を死におもいやらねばならなかったという話型を引き受けながら、新しい展開を示したものとして『竹取物語』の意味構造を理解することもできようか。それは、男達と女との関係においてのみ言えるだけでなく、「手児名」型の女が、神に仕える巫女的な存在であったと説かれもしていること（桜井満『万葉集の風土』）によるならば、天女のかぐや姫にみる神女（又は仙女）性が、この面での女の性格をも受け継いだものであり、にもかかわらず、地上において神に仕える巫女から、神仙的な天上の女へという展開をもなしている新しさもが指摘されねばなるまい。

菩薩弟子道真（『菅家文草』四・279）が、仏教の「月上女経」をも念頭においていたことは考えうることながら、以上にみるように「月の女」のイメージは、むしろ神仙的な姮娥伝承によるものが主流を形成しており、その発展として『竹取物語』は発想されていたとみることが、当時の読者（文人たち）に自覚されていた常識（「享受の精神構造」）に合う、自然なことであったと考えたい。

本稿は、前稿「竹取物語作者圏と菅原道真―古代伝承ノート（3）―」（『愛文』第13号）[2]を受けて、竹取物語作者としての菅原道真の可能性を追求する意図のもとに記したものである。森重敏「かぐや姫と伊勢斎宮」（『文体の論理』）に多くのヒントを得ている。

〔付記〕「神道五部書」にみえる「舁女(よ)」についてはよくわからない。舁にカゴ（籠）の意を認める三省堂『新漢和中辞典』などがある。「舁」の字は、かご（乗物）などをかく（舁(か)く）、（かつぐ）の意に用いられることが多かった。「舁夫」の熟語もみえる。「舁女」は、「（御輿などを）舁(か)く女(め)（おんな）」の意であろうか。訓は「かぐやひめ」に通うところもあるか。

注

（1）どう読みとれたか—という享受的—読者論的観点からみる。本書〈探究ノート1〉に述べた「享受の精神構造」に言い換えてもよい。
かぐや姫は、「竹」から生まれたが、実は「罪をつくり給へりければ」月から地上に下されたのだったことが月の使者によって語られる。かぐや姫は月の人故に月に帰るのである。それ故、このことがここでの「なぜ「月」であったのか」の答えではないことは言うまでもない。

（2）本書〈探究ノート6〉に再録。

3　伏見稲荷の神々と丹後の神々

（序）はじめに

稲荷山を神域とする祭祀の歴史は、いくつかの変遷を重ねてきていることが多くの先学によって明らかにされてきている。主だった変遷を改めて整理してみる。まず、渡来系の秦氏によって社が創始されたこと（後の資料に拠れば、和銅年中と伝える）は明らかであるが、それ以前においてすでに、深草の稲作農耕の民が信仰する山であったと言われている。今「稲荷」と書くが、この表記は平安時代以降になって見られるようになったもので、それまでは「伊奈利」と記されている。その「イナリ」という語に「稲（いね）」の語が含まれているとは限らないとする論者は、「うなる」という動詞に通じる古語「いなる」の連用形と見て、「イナリ」山は雷神を祭祀する、農耕の民の信仰の山であったと推定する。(1)

秦氏による社の創始の段階において、どんな名を持つ神が祀られたのかについては、後世の資料から推定するしかないようだが、『山城国風土記』逸文（伊奈利社）の「餅的」伝説から、稲の神（穀霊）であったことは想定できる。平安前期になると、『文徳実録』や『延喜式神名帳』などによって、三座の神が祀られていたことがわかる。しかしそれ以前の資料では、「稲荷神」としか記されていないことから、特定の神の名は不明とせざるを得ないが、本来は穀霊信仰に関わる根本神一座のみが祀られていたものと考えられている。『梁塵秘抄』に「稲荷をば三つの社と聞きしかど今は五つの社なりけり」という今様が記録されているように、平安時代末期になると五座となっており、それが現在に至るのである。

さて、中世の資料には、三座の神の名が具体的に記されている。それには二系統あるが、本来の根本神が穀霊・稲の神であったことを考えれば、そのどちらの系統にも属する「倉稲魂（ウカノミタマ）大神」こそが伏見稲荷大社の中心となる神であると考えられる。現在その三座にあたる神は、下社に「宇迦之御魂（ウカノミタマ）大神」、中社に「佐田彦大神」、上社に「大宮能売大神」がそれぞれ祀られている。今は下社のウカノミタマであるが、中世の資料では、中社の神になっている。平安時代すでに『枕草子』の記述から中社の神であったことが分かる。さらにさかのぼれば、本来山のいただき（つまりは「上社」）に祀られていたものであったのが、だんだんに山の上から下へと移されてきた歴史が読みとれる(2)。

ところで、丹後地方の神として、「豊ウカノメノミコト」がよく知られている。この神は、『丹後国風土記』逸文が伝える、いわゆる羽衣伝説の天女で、最初「奈具社」に祀られたと語られている神である。そこで本稿では、「ウカノミタマ」と「豊ウカノメノミコト」、この二柱の神を中心に伏見稲荷大社と丹後地域（式内社を中心とする）における祭祀構造の類似性について考えてみたい。

（一）「ウカ・ウケ」の系譜

『古事記』では、須佐之男命と大山津見神の女、神大市比売との間に生まれた神として、「大年神」とともに「宇迦之御魂（ウカノミタマ）神」をあげる。一方、伊邪那美命が「火之迦具土神」を生み女陰（ほと）を焼かれて病いに臥していた時、その尿（ゆまり）に生まれた「和久産巣日神」、その神の子が「豊宇気毘売（トヨウケヒメ）神」であるという系譜を語る。二柱の神の系譜は異なっている。特に後者の神は女性神であることが明示されている。また『古事記』では、多くを「……神」または「神……」と「神」をつけた名にしているが、本来の名は「神」のつかない形であったと見るべきである。[3] 以下表記が問題になる場合などを除き、神の名はカタカナで記すことにする。

『日本書紀』では、ウカノミタマを「倉稲魂」（ただし、訓注ではウケノミタマ。「介」の字は「ケ」と読む）と表記し、イザナギとイザナミ夫婦神の子で、飢えのため気力を失ったとき生まれた神とする。またその一書では、イザナギが火の神カグツチを斬ったとき、血が磐石を染めて生まれた神とする。これは『古事記』においては、トヨウケビメ（カミ）の系譜に近い語りになっている。

『延喜式』が記録する祝詞「大殿祭（おおとのほがい）」に護り奉る神の名として「屋船ククノチ命」と「屋船トヨウケヒメ命」とをあげるが、後者には割注で「こは稲の霊なり。俗の詞にウカノミタマといふ」とある。『古事記』で別の神格の扱いをしているものが、ここでは、同体と扱われているのである。注目すべきは、それを「稲の霊」としていることである。『和名抄』には「日本紀私記云、稲魂宇介乃美太万　俗云宇加乃美太万」とあり、「ウケー」の形を正式なものとしており、「ウカー」を俗言としている。こうした認識は、先の「大殿祭」の割注においても言える。当時「ウカ」を古い形、「ウケ」を新しい形とする認識があったのだろうか。「神道五部書」の『御鎮座伝記』に「稲魂トヨウケ姫」とし、『御鎮座本記』に「豊ウカノメ命　屋船稲霊神也」とあって、「稲」の神（霊）という神格は確定していたようだ。

「ウカ」「ウケ」は同源語と認め、食物（穀物）を意味する語とされている。両語形の関係は、「イナ」「イネ」の関係と同じと推定される（ほかには、「フナーフネ（船）」「マーメ（目）」なども同じ関係にある）。「イナ」が稲穂、稲田、稲木などと他の語と結合するときに用いられる結合形（かつて、被覆形と）であるのに対して、「イネ」は独立して用いられる形、独立形（かつて、露出形と）という関係にある。しかし、「ウカ」「ウケ」の場合には、そういう関係にあることが確信できる派生形などの語例が少ない。丹後の神「豊ウカノメ命」は、『古事記』や祝詞「大殿祭」では「豊ウケヒメ」と呼ばれ、また伊勢の外宮の神に勧請されて、「豊ウケヒメ（ノ）大神」さらには「トユケ（豊受）（ノ）大神」とも呼ばれる。こうした事例から推定するに、「ウカ」は、「の」に連なるとき、「ウカノ」と用いられ、「の」を介さないときは「ウケ」を用いると言った関係と言えるだろうか。とすれば、『和名類聚抄』が「稲魂」を「ウケノミタマ」とするのは、そうした慣用的区別が崩壊した後に出てきた新しい形だったのかもしれない。[4]注目しておきたい存在に、大和国広瀬郡の広瀬神社がある。式内社として「広瀬坐和加宇加乃売命神社」と呼ばれた。これも「ウカノ」の形である。

さて、「ウカノミタマ」「豊ウカノメミコト」、両者の神名から、特定の神としての内実を示す語を取り出せば、「ウカ」と「ウカノメ」になる。果たして両者が神体として別神だったのか、同体だったのか、今は明快な判断ができない。男女未分化な「ウカ」から女性神の「ウカノメ」が派生したのだろうか。

「ウカ・ウケ」に直接かかわる神の名に、『古事記』が伝える「大宜都比売（オオゲツヒメ）」がある。スサノオ命に殺された時、オオゲツヒメの死体から五つの穀物が生えたという神話に登場する。穀物の死体化成神話と呼ばれる。「オオ」は尊称、「ケ」が食物（穀物）の意で、「ツ」は今の「の」に当たる所有格の助詞である。同型の神話が、『日本書紀』では、ツキヨミ命に殺されたが、その死体から五穀を誕生させたという「保持神（保食とも・ウケモチ神）」の話となっている。「ウケ」が食物（穀物）の意で、「豊ウケヒメ」の「ウケ」と同語と考えられる。ここに「ケ・ウケ」の語が確認できる。

また、『古事記』では、豊ウケヒメ神の親神とするワクムスヒ神がイザナミの尿から化成した神となっているが、『日本書紀』では、火の神カグツチが土の神ハニヤマヒメと結婚して生まれた神（「稚産霊」と表記）とし、この神の頭に蚕と桑が、さらに臍の中に五穀が生じたと語られていて、オオゲツヒメやウケモチ命と同様に、穀霊神の性格を持っていたことがわかる。「ワク」は『日本書紀』の表記にもある通り、「稚・若」の意と解されている。「稚・若」は、「大」と対に用いられたりする冠辞である。大宮売に対する若宮売、豊ウカノメに対する若ウカノメ（広瀬神社の神）の例がある。また、他の神名にも見られるように、「ムスヒ」とは「もの」を生産する霊力そのものを意味する語（当然、穀霊神の性格をも含みもつ）であるから、「ワクムスヒ」という名称には、特定の神格を示す要素がない。

これらの神の体から化成した五穀には、「稲」も含まれている（五穀以外の化成物もあるが）ことからすると、稲魂（稲霊）というよりは、正に食物（穀物）の神（穀霊）であった。

また、「御食津国（みけつ）」や「御食津神」にも、食物を意味する「ケ」が含まれている。「ミ」は「大（オオ）」に相当する語で、「ツ」は連体助詞。オオゲツヒメの「ケツヒメ」に相当するのが「ケツカミ」になる。神名に「神」がつくのは新しい形、もともとの名は「神」をとった形だったとする考えによれば、「（ミ）ケツカミ」の「カミ」をとった形では、語又は神の名として成り立たないから、「御食津神」という語は「神」の観念が確立後の、新しい語であった可能性が高い。

広瀬神社の神「若ウカノメ命」について、『延喜式』の「広瀬大忌祭」祝詞では、「御膳持する」（神）と語られている。つまり「御食津神」であった。丹後の「豊ウカノメ命」も、『止由気宮儀式帳』や『倭姫命世記』などによると、伊勢の内宮の神「天照大神」に請われて、その「御食津神」として外宮（豊受大神）に祀られたと語られている。つまり、「穀霊神・稲魂」として祀られる神から、「御食津神」として祀る神となり、そして外宮の神としては、斎宮（斎王）によって祀られる神となったというわけである。

「ウカ・ウケ」の系譜の神は、本来食物の神であったが、中でも「穀物」の神に限定されるようになり、さらに「ウカノミタマ」や「豊ウカノメ命」は、「稲魂・霊」ないし「稲の神」と意識されるようになってきたのではないだろうか。

大林太良氏[5]は、五穀などを生んだ「オオゲツヒメ」や「ウケモチ（命）」は、焼畑耕作時代の神と見ている。火と土の神から生まれたという「ワクムスヒ（神）」もその時代の神と見てよいだろう。スクナヒコナ命を粟霊と解する説があるが、とすればやはり焼畑農耕を反映する神であったということになる。『古事記』の国生み神話によると、四国のことを「面四つあり」とし、阿波国を「オオゲツヒメ」に当てている。「阿波」が「粟」の意を継いだ国名だと考えられるから、「オオゲツヒメ」も「粟」を代表とする穀物神であったことを意味していると解されているのである。日本の焼畑耕作に、「稲」（つまり、陸稲）は存在しなかったようで、『日本書紀』の一書が、粟・稗・麦・豆を「陸田種子」とし、稲を「水田種子」と区別しているのも、もともと稲は水稲耕作の作物であったことを思わせる。やがて水稲耕作が中心になってくると、穀霊信仰も「稲」を中心とするものに変わってきて、先に見たように「ウカノミタマ」「豊ウカノメ命」が「稲魂・稲霊」と解されるようになったものと思われる。『日本書紀』神武前紀に、祭祀に用いた食料（糧）のことを「（厳）稲魂女」とし、「（イツノ）ウカノメ」と訓ませている。そして、御食津（ミケツ）神（女神）と認識されるようにもなったのである。

　世間では、倉稲魂（ウカノミタマ）を御食津神と同体としたり、後者は前者の別名と説明したりしている。このことは背景に「ウカノミタマ」を「豊ウカノメノ命」と同体とする認識があってのことと思われる。しかし、御食津神という名の、特定の神が存在するわけでなく、御食津神とは、特定の神の神格としての機能面を特徴づけて説明する言葉（普通名詞）であって、「田の神」「穀霊神」などと同種の語である。同体、別名という関係ではない。

　こうしてみると、「ケ・ウケ・ウカ」には、時代とともに意味の変遷があったと考えられる。また一方、語形はさらに変化して、「トヨウカヒメ」が「トヨオカ（豊岡）姫」（『源氏物語』などにみられる）となったり、「トヨウケ」が「トユケ（止由気）」になり、それが「トユウケ（登由宇気）」と表記されたり、また「豊」がとれて「ウカノメ」と、「ウカノミタマ」が「オカノ神」「ウガノ神」「ウガ神（様）」などと称されたりしてきている。

（二）伏見稲荷大社の祭神構造

伏見稲荷大社の祭神が具体的に記されるのは、三座の段階においてであったことは、先に述べたが、それは現在の祭祀構造と一致するものであった。ところが、中世における文献では、三座の神々には、二つの構造（系統）が存在している。

一つは、『二十二社註式』の記すもので、下社が「大宮能売（オオミヤノメ）」、中社が「ウカノミタマ大神」、上社が「猿田彦（サルタヒコ）」とする。これが現在のものと、祭神は一致する。ただし、祭祀の場所と、「サルタヒコ」を現在は「サタヒコ」とする点が異なる。もう一つは、『延喜式神名帳』頭註が記すもので、「スサノオノミコト」「大市姫（オオイチヒメ）」「ウカノミタマ」を三座とする。これと同じ構造を示すものに、『神祇拾遺』があり、当社の本殿の祭神を「宇賀御魂神」とし、その割注に「父、大地主　母、大市姫又は豊宇気」とある。ここに「豊ウケ（ヒメ）」を「ウカノミタマ」の母神とする理解のあったことが分かるが、興味深い。他の二座は、この親神二柱とする。但し、「大市姫」については、「亦大宮命婦トモ云フ」とする。「命婦」としていることに注目したいが、これは『註式』が言う「大宮能売」のことであろう。

両系統に共通する神が「ウカノミタマ」であることは先にも述べたが、稲霊を祭祀する伏見稲荷大社であるのだから当然である。後者の系統は、『神祇拾遺』が注するように、『古事記』の神話によるもので、二親神と子神という関係によって、祀られているのである。

全国に稲荷神社は多いが、祭神を「倉稲魂（神）」とする社が圧倒的である。その中で三座または三座以上を祭神とする場合には、その一座に「大宮能売（命・神）」を祭祀する場合は、必ず、猿田彦（佐田彦とも）をも祀り、「大市姫（命・神）」を祭祀する場合は、スサノオ命を必ず含み、この両系統の祭祀構造がどちらも全国的に存在しているようだ。とすれば、「大宮能売」か「大市姫」かで、ゆれていることになる。筆者が問題としたいのは、なぜ伏見稲荷大社に「大宮能売」神が祀られているのか、その理由である。

(三) 丹後地方の祭神構造

話を、丹後の神のことに移す。先に触れたが、「風土記」逸文が伝える、奈具神社の神として祀られた豊ウカノメ命が、丹後地方の多くの式内社の祭神となっている。特に羽衣伝説の山（比治山・現磯砂山）のある中郡（元丹波郡）の式内社は、その一社を除いてすべてがそうである。祭神の名を、今では「豊受大神」とするものも多いが、伊勢の外宮の神（豊受大神）が、丹後の神

「豊ウカノメ命」を移し奉った神であると伝えられることから、後に神名を変更したものであろう。補注① 中には、「豊受姫命」「稲乕目（イナノメ）命」などの名でも伝えられている。面白いことに、大川神社（舞鶴市）の祭神の名が、地元の地誌によっては、「保食（ウケモチ）神」、「豊受持神」、または「稲倉豊宇気持命」などと諸説あり、「豊ウカノメ命」と同じ、やはり穀物神である「保持命」とを混同した状態が見られる。ある地誌は、式内社志布比神社（京丹後市網野町・元御来屋（御厨の意）神社）の祭神を「豊宇賀能売命・豊宇気持命」とするが、ここにも混同が見て取れる。

伊勢の外宮にはどの神社の「豊ウカノメ命」が移遷されたのか、つまり元伊勢はどこの神社であったかをめぐっては、二つの神社が対立する。その一つの福知山市大江町の豊受大神社のことは今はおくとして、もう一つは丹後国一ノ宮である籠神社の奥宮がそれ。現在、本殿の背後の山中にある奥宮（真名井神社・古称与佐宮・別称豊受大神宮）に祀られているのが、豊受大神である。ただし、『止由気宮儀式帳』では天照大神の託宣の詞として、豊ウカノメノ命のことを「丹波国比治乃真名井爾坐我御食都神」と言っている。羽衣伝説の山（比治山）の麓近くに比沼（治か）麻奈為（真名井に同じ）神社（式内社・京丹後市峰山町）があり、勿論豊受大神を祀っている。補注②

そして丹後国二の宮は大宮売（オオミヤメ）神社（式内社・京丹後市大宮町）であるとされる。社名に見るとおり、祭神は大宮（比）売命・若宮（比）売命である。「オオミヤノメ」がもとの名であろう。先に述べたが、旧丹波郡（後、中郡）の式内社で豊ウカノメ命を唯一祀っていない神社が、この神社である。大宮売神を祀る神社は珍しい。もっとも式内社阿良須神社（舞鶴市）の祭神を『丹後旧事記』では大宮売大明神・若宮売大明神とするが、これは丹波道主命が大宮町の大宮売神社から勧請したものという伝えがある。注目したいのは、この神が伏見稲荷大社「倉稲魂」の相殿神の一柱「オオミヤノメ」と同じ神と考えられることである。そのため各地の稲荷神社では、「倉稲魂」を祭祀する関係から、「大宮（能）売」神を合わせ祀る神社となることは珍しいことではないのである。(6)補注③

先に見た『二十二社註式』には、「オオミヤノメ」神について、ミズハノメ神と同神で水の神だと説明する。水とは、おそらく酒に関わっていることを意味すると考えられる。『延喜式神名帳』によると、大宮売神は朝廷の宮殿で祀られている神で、御巫祭神八座の一座であり、しかも造酒司（みきのつかさ）六座の内、四座が大宮売神である。羽衣伝説では、天女（豊宇賀能売命）がよく酒を醸造したことを伝える。旧丹波郡の豊宇賀能売命を祀る神社には、酒にちなむ別称を持っているものがある。式内社多久神社（京丹後市峰山町）は「天酒大明神」といい、式内社三重神社（京丹後市大宮町）は「酒戸古（殿）神」とも呼ばれる。丹後では、大宮売命が酒とかかわる背景に穀霊神（豊宇賀能売命）との関係が存在しているのである。

さらに注目したいことは、大宮売神は忌部氏と関係の深い神であったことである。斎部広成の

『古語拾遺』によると、天岩屋戸の段で天照大神の傍にお仕えした、いわば宮中の内侍司の官女のような神で、忌部氏の祖先神である天太玉命の「くしびになりませる」子神であるとする。同じく忌部氏が管掌した祝詞（『延喜式』による）「大殿祭」などに登場（大宮売命とする）し、まさに官女的存在であったことが記されている。若ウカノメを祀る広瀬神社の祝詞「大忌祭」も忌部氏の管掌するもので、同神社の所在する広瀬郡には讃岐神社（式内社）があるところからすれば、讃岐の忌部氏が関わっていたかもしれない。伊勢における外宮の創始にはやはり忌部氏が直接関わっていたと言われることから、丹後にも忌部氏の勢力があったということが考えられる。丹後の式内社に、忌部氏の祖先神天太玉命を祭祀するところもある（もっとも、常に中臣氏の祖先神天児屋根命も合祀するが）。

では、丹後において豊宇賀能売命と大宮売命はどういう関係にあったのだろうか。豊宇賀能売命が、穀物神・稲霊神であり、御食津神であったことは確かである。大宮売命も御食津神ではなかったかと思われるのであるが、そこで注意しなければならないことは、『延喜式』の「宮中神」として、大宮売神が御食津神と併称されている、つまり機能を異にする別神であることである。祝詞「祈年の祭」においても同じ扱いになっている。先に御食津神とは、特定の神の名ではないという判断を述べたが、実は『延喜式』では固有名のように扱われているが、いったいどの神を指しているのかは、よくわからない。豊宇賀能売命（豊受大神）だけでなく、越前の気比神宮の神、安房国安房神社の祭神、広瀬神社の若宇加乃売命も御食津神とされているのである。

宮中の祭祀において、御食津神などの大膳職坐神と大宮売神や酒殿神などの造酒司坐神とを区別するように、豊宇気能売命は前者の神で、大宮売命は後者の神という関係にあったと見るべきであろう。[7] 同様に伏見稲荷大社における倉稲魂（ウカノミタマ）は穀物神・稲霊神であり（御食津神の神格は付与されていないとみる）、大宮売命は神酒に関わる神であり、また倉稲魂を世話する官女的巫女的神であったのではないかと推測される。もっとも大宮売命（神）が百貨店などで市の神、商売の神として祀られているようだが、倉稲魂の母神の大市姫命と混同されているものと判断される。その混同は、すでに先の『神祇拾遺』に見られたところである。[8]

注

（1）鈴鹿千代乃「山城国風土記逸文「伊奈利社」小考―「伊奈利」は「伊禰奈利」か―」（『朱』第44号、伏見稲荷大社、二〇〇一年）。
（2）伏見稲荷大社の歴史等については、松前健編『稲荷明神―正一位の実像』（筑摩書房）、『朱』（伏見稲荷大社）の各号などを参考にさせていただいた。
（3）溝口睦子「記紀神話解釈の一つのこころみ（上）―「神」概念を疑う立場から―」（『文学』岩波書店、一九七三年十月号）。
（4）同じ問題に、「天乃香具山」をどう読むかがある。「天の」は「天の川」「天の橋立」など、

「あまの」と読むことが多いが、『古事記』に「あめのかぐやま」という仮名例があって、この地名については、「あめのかぐやま」から後（平安以降）には「あまのかぐやま」というようになったと説明されている。今の「うか」「うけ」とは逆の例である。「あまの」が多いが、「あめの」も古くからあったのである。

（5）大林太良『稲作の神話』（弘文堂、一九七三年）。

（6）旧丹波国の篠山の式内社「大売神社」は祭神が大宮売命だとされる。今、神社の名は「おおひるめ」と呼ぶようだが、元は「おおめ」であったかもしれない。佐渡島の式内社に「大目神社」があり、やはり祭神は大宮売命だという。今「大目」と書くが、「大売（大女）」であったかもしれない。ただ、これらの地に大宮売命を祀っている理由はよくわからない。

（7）門脇禎二『古代日本の「地域王国」と「ヤマト王国」上』（学生社、二〇〇二年）中の「旦波（丹後）王国」と「倭王国」—丹後の大宮売神・羽衣天女—」では、大宮売命は丹後の土着の女首長（大宮売神社のすぐ近くの大谷古墳が当地の女首長と思われる人物の墓であることが有力な根拠の一つ）、いわば国魂の神で、それに対して豊宇賀能売命は丹後の地に天降りした神で、天照大神同様、伊勢に祭られることになった神という関係と捉えている。

（8）稲荷社で三座が祀られるとき、大宮売命（神）をその一座とするときは、猿田彦（または佐田彦）神が合祀されるが、猿田彦である理由は、おそらく大宮売命が『古語拾遺』の天の岩戸の段で、天照大神に付き従ったと語られていて、大宮売命を天細女（アメノウズメ）命の別称とされることがあることから、そうした理解を前提にして、猿田彦が登場するのかもしれない。

補注①　「(トヨ)ウカノメ(ノミコト)」と「(トヨ)ウケ(ノオオミカミ)」(又「トユケ(ノオオミカミ)」)とを神名の音形式が異なる故に別神とするか、同一神の伝承過程に生じた音韻変化とするか、あるいは伝承集団によって多少呼称を異にする故の音形式の異なりとみるか、こうした神名の異形態に対する認識について統一的な見解はまだないに等しい。

補注②　「元伊勢」、特に外宮の祭神の「元」の一角にかかわってくることになる。

補注③　伏見稲荷大社では、倉稲魂神と大宮売神がペアとなっていることの意味に注目したい。丹後では、それぞれ別の神社で祭神となっている。

〔参考〕丹後の式内社と祭神

『延喜式神名帳』に記録された神社を式内社という。丹後国分国以前、丹波国丹波郡丹波郷が丹波国の一大勢力の拠点であったと思われる（このように、国・郡・郷が同じ地名というのは全国的にも極少ないが、「丹波」はその一つ）。旧丹波郡（後、中郡）には十一の式内社があったが、町史・町誌類によって、それぞれの祭神を見てみると、ほとんどの神社が「ウカ・ウケ」系の穀霊神「豊宇賀能売命」を祭神とする。この神は羽衣の天女として、わなさ翁媼のもとで、万病に効くという酒をよく醸む、醸造神の性格を持っていた。この神を祀る多久神社（京丹後市峰山町丹波）（一八七頁参照）は別に「天酒大明神」とよばれ、三重神社（同大宮町三重）が「酒戸古（殿）神」とも言われるのもその故であろう。伊勢の内宮の神・天照大神の「御食津神」として伊勢に招かれ、外宮の祭神として斎王によって祀られているのである。

ところが、大宮売神社（同大宮町周枳）だけは、祭神が「大宮売神・若宮売神」という女神二座である。丹後国全体から見ても、大宮売神を祀る神社は珍しい。しかも丹後国二の宮である。阿良須神社（舞鶴市）が例外の一つ（『丹後旧事記』による）。伏見稲荷大社の主祭神「倉稲魂」の相殿神の一柱でもある。『二十二社註式』では、「水の神」としている。何より注目すべきは、大宮売神は、宮廷で祭祀される神であったことである。

大宮売神は、宮廷の神として造酒司六座の中の四座を占めている。やはり酒の神であった。「水の神」とされるのもその故であろう。では、豊宇賀能売命と大宮売神とは、どういう関係であった

忌部氏とかかわりのある神を祀る大宮売神社
（京丹後市大宮町周枳）（京丹後市役所観光振興課提供）

のか。伏見稲荷大社の倉稲魂（穀物神）と大宮売神（造酒神）という関係と類似していることが注目される。

宮中の祭祀において、御食津神などの大膳職坐神と、大宮売神や酒殿神などの造酒司坐神とが区別されているが、豊宇賀能売命（豊受大神）は前者の神で、大宮売神は後者の神という関係にあったのであろう。

両者は、丹後において祀られる神と祀る神の関係にあったかと考えられる。門脇禎二氏は『旦波（丹後）王国』と『倭王国』―丹後の大宮売神・羽衣天女―」（『古代日本の「地域王国」と「ヤマト王国」上』）で、周枳郷の大宮売神社の近くに女性を単独で葬っていた大谷古墳や素環頭鉄刀が出土した古墳などが存在することを重視し、大宮売神は土着の女王的な女神で、国魂の神（国つ神）であったとし、豊宇賀能売命は真名井に天より降臨した神（天つ神）という違いがあったと説いている。つまり、前者が天つ神を祀る神であり、後者が土着神（国つ神）によって祀られる神という関係にあったことになるだろう。

『倭姫命世記』は、伊勢の内宮・外宮の祭祀にまつわって、倭姫の一代記を語ったものである。他の伊勢神宮関係の文献『豊受皇太神宮御鎮座本紀』などと共に「神道五部書」と総称されるが、これらは古い文献であることを装った偽書とされる。しかし、鎌倉初期から中期の成立と見られ、それなりに重要な伝承を記録していると見てよい。

倭姫は、垂仁天皇と丹波道主命の娘・日葉酢媛の間に生まれた姫で、景行天皇と兄妹であり、東国へまつろわぬものの征討に派遣された日本武尊は甥に当たる。尊が東国に下るとき伊勢の倭姫の元に立ち寄って、草薙の剣を頂いた話は有名。倭姫は伝承的には、豊鋤入媛命に代わって伊勢の神の御杖代（斎宮）となっているが、そのいきさつを詳しく語っているのが、『倭姫命世記』である。太陽神を祀る「大ひるめむち（天照大神）」、その神を、「御食津神」として祀るのが外宮の神・豊受大神で、それらの内宮・外宮の神を祀るのが伊勢の斎宮（斎王）である。ここに、祀るものと祀られる神との関係が重層（入れ子型構造）を成している。竹野神社（京丹後市丹後町宮）（九五頁参照）の祭神天照大神と竹野媛命との関係も類似している。

4　羽衣伝説と「真名井」の道

（一）羽衣伝説の「真名井」

まず『丹後国風土記』逸文が伝える「奈具社」の由来とする伝承「羽衣伝説」をとりあげることにする。奈具神社はもと船木の里奈具村（京丹後市弥栄町）にあったが、嘉吉年間に全村が洪水で流亡したため、一時期外村の溝谷神社の相殿となった。しかし、その後現在地に再建されたものであるが、もとの鎮座地は不明とされている。この奈具村こそ『丹後国風土記』逸文の伝える故地であり、比治の真名井伝説（「風土記」逸文には「真奈井」とあるが、以下「真名井」に統一する）の天女がわなさ翁媼のもとを追放されて、なげきかなしみ放浪した末やっと「吾心奈具しくなりぬ」と言ってとどまった所である。奈具神社は、その天女を祭神としたと伝える。それが豊宇賀能売命である。豊宇賀能売命（豊受大神）は伊勢大神宮に、天照大神の御饌津神として勧請された神なのである。「御饌津神」は越前国一の宮気比神宮の祭神「御食津大神」に通う。

「真名井—真井・魚井とも—」とは何か。「紀」には、「天瓊名井」「（亦名）去来之真名井」とあ

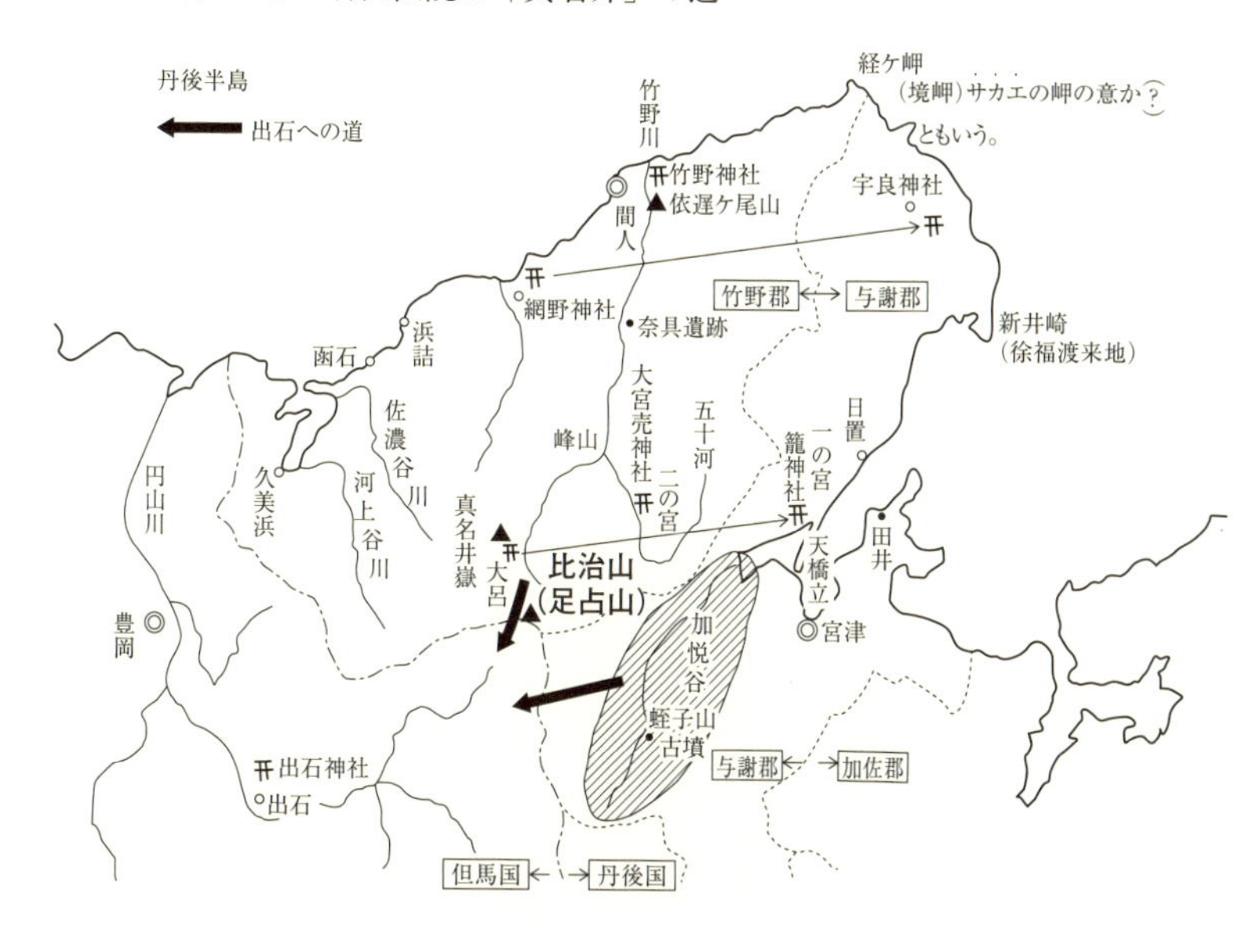

り、素戔嗚尊が天照大神に「うけひ」して赤心を明かさんとして、子生みをするところに「天真名井に濯ぎて」と出てくる。梅原猛氏によると、九州宗像神社の中津宮の後に天の川という川があり、そこに天の真名井というものがあって、そこで〝みそぎ〟をするという。[1]「真名井」とは、みそぎ・はらいの行われた神聖な水域を意味することばであった。今丹後地方で「風土記」逸文のいう真名井に関わる神社とされているのは、鱒留の藤社神社と、久次の比沼麻奈為神社とである。[2]「比沼」は、「風土記」逸文に、「今は既に沼となれり」とあることから、「治」を「沼」としてしまったもの、つまり誤伝であり、本来は「比治」である。「風土記」逸文によると、鱒

留より奥の大路の「比治山」(3)（今、磯砂山（いさなご）という）の頂に真名井があって、そこに天女が八人天降りて水浴をしていたと伝える。「真名井」の名からして、天女とは神に仕える巫女のことであり、神事のみそぎの行事を反映しているものと考えられる。「（真名）井」は、聖なる水域であり、それを守り、神事を司るのが、水の女＝巫女であった(4)。

（二）羽衣伝説の「山の名」の謎

ところで、この真名井のあった比治山を今「いさなご（磯砂）山」と呼ぶのはなぜか。「磯砂（山）」は、後世の人々による、語源解釈に基づいた表記ではないかと思われる。「いさご」「まさご」「すなご（この語の上代文献の確例なし）」といったことばを「いさなご」に連想したものであろうか。さらに、「いさ」に「いそ（磯）」を連想している。つまり、「磯（いそ―いさ）砂（すなご）」とみたものであろう。ただ「いさなご」の意味が「磯砂」という漢字の表意性が伝えているものだと解することができたとしても、語源は「磯（いさ）な（所有格の「の」にあたる語）ご（粉・細かい砂の意）」であったかとも考えられる。

しかし、問題は、この比治山が丹後半島のつけねの中央部にそびえて、当地一の高山と言われ、日本海にそそぐ半島の川「竹野川」「佐濃谷川」「河上谷川」といった主な川のみなもとをなしていて、いうなれば、半島の磯辺からは最も遠い所に位置する山だということである。そんな山に海辺にかかわる「磯砂」という名があるというのはなぜか。

比治山は、古く「足占山」とも称した。「足占」の語は、近世の学者によって「あうら」と訓まれるが、そうよむべき根拠は不明で、古訓にある通りに「あしうら」と訓んでよいものであり（「葦占山」とも表記された）、『万葉集』歌（七三六・三〇〇六）の現訓「あうら」についても、「あしうら」と訓みかえても字余りになるということはない[5]（参考・行きゆかずきかまほしきはいづかたに踏みさだむらむ足の占山　続古今　頼行）。

「あしうら（足占）」は、一種の呪術である。その実態は明らかではない。「神代紀」下によると、やっつけられた兄火酢芹命が、弟彦火火出見尊に服従の心を示すために俳優をするところにある。「乃ち足を挙げて踏行みて、そのくるしびし状を学ぶ。初め潮、足に漬く時には、足占をす」とある。この記述が、足占という呪術が元来海辺に関係するものであったことを暗示しているとするなら、呪の場所を示すことば「磯砂」と、呪の行為を示す「足占」とが結合して、「足占山」をも「いさなご」と称するようになったと考えることもできる。

「いさなとり→すなどり」という変化を認めるなら、後の「すなご」は、「いさなご」の変化したものとみることができるか。もし、そういう「いさなご」とするなら、「いさなご山」とは、「砂山」の意となる。「風土記」逸文では、真名井のあった山を「比治山」とする。しかし、現在「ひじ山」と土地の人々が呼んでいるのは、「足占山」とは別の山のことで（今区別される二つの山は連なってはいるし、もとは一つであった、つまり総称されて「ひぢ山」であり「いさなご山」であったものとも考えられる）、「菱山」とも書くが、これはおそらく「比治山」の意味がわからなくなってから民間において比治山を別にするようになったからだと考える。[6]「足占山（磯砂山）」が「比治山」であったとすれば、それは「泥山」の意となる。その点で「砂山」という語構成と同じ構造の語である（『華厳音義私記』には「淤泥（比地乃古）」とある）。

ただ、「いさなご山」を「砂山」の意とみるとき、「足占」ということばとの間に意味的つながりが見い出しにくいことになる。結論を言えば、筆者は「いさなご」は「磯凪」の訛せる語とみて「磯凪山」であったと考えてみたい。それは海辺の呪術と関係のある語であったとみなければならないと思うからである。

（三）丹後古代氏族の根拠地――竹野と間人

いずれにしろ、「真名井（原）」は、呪的な儀礼の行われた場所であったと思われ、聖水の「井」の存在は、農耕儀礼と結びついていたものではなかったかと考える。[7]それは、「磯凪」ことと関係ある儀礼であり、これはまた、豊受大神を祭祀した奈具（凪ぐ）神社―丹後国の東端由良川口の海岸も奈具海岸といい、奈具神社がある―ともつながりがあることでもある。最近発掘された奈具遺跡の住居跡から、その住居が竹野の依遅ヶ尾山に向いていたと思われると、恩師坪倉利正先生は言う。「風土記」逸文によると、老夫婦に追われた天女は、荒塩、哭木（内記）そして奈具の村へと流れていった。それはまさに比治山に発する竹野川にそって漂流しているのである。竹野川は竹野で海に入る。その河口に竹野神社（式内大社）があり、別に斎宮神社とも呼ばれる。竹野神社は依遅ヶ尾山を背後にして存在している。

　この竹野の里を中心として「竹野郷」（『和名類聚抄』）があった。そこは、開化記の「丹波大県主、名由碁理之女、竹野比売」の本貫地であり、さらに又、「丹波道主命」（垂仁紀）の女たち五人のうち「形姿醜き」とて「本土」に返された竹野媛のその「本土」（本貫の地）でもあったと考えてよい。

　現在確認されている弥生遺跡は、竹野川の中流峰山町と下流の竹野地域、そして佐濃谷川の下流及び河上谷川の中流とである。この事実からも、それぞれの川の源である比治山が聖なる山として祭祀の対象となっていたことは充分想像される。以上あげた地域は前期古墳遺跡とも重なっている地域である。そして、その神祭の中心地つまり政治の中心地が竹野であり、竹野神社であった。この神社には「但馬国造の同祖」といわれる「竹野別の祖」をも祀っているのである。

　竹野郷の西に隣接するのが「間人郷」（『和名類聚抄』）である。「間人」のタイザというよみは難読中の難読とされているものの一つで、現在の一説によると、用明天皇の穴穂部間人皇后（聖徳太子の母）の貢地であったことから、大浜の里を「間人」と表記するようになったと言われている。いわゆる、皇后間人の御名代（田部）であったかと思われる。『和名類聚抄』には「間人」と表記する地名が他所にもみえる。

また「間人」をタイザとよむことについては、古くから物部と蘇我の抗争の難を避けて当地に滞在なさっていた皇后が、抗争平定後大和へ退座なさったことから、その徳をしのんで「退座（たいざ）」の音をその名（「間人」）につけたと説かれている（民間語源説の口頭伝承。ただ、それを文字化した資料も存在する）。

他にも、出雲大社信仰との関係から―それは、土地の人々によってタイザがタイジャと日常的に呼ばれることを一つの根拠にもしている―出雲大社の大社をとった語だとする説[8]、さらに朝鮮と大和（にほん）と、または大間区と小間区とが「対座」していることからきたとする説、また「間人氏（『新撰姓氏録』左京皇別間人宿弥）」の祖・誉屋別王（ほむやわけのおおきみ）（母は、仲哀天皇の子、大酒主の娘（弟媛））の外祖大酒主の「大酒」を音読みして称したものかとする説などがある。しかし、タイザという呼び名がいつごろからあるものかは確定しえないし、少なくとも、音読み漢語の地名が存在するようになったのは、かなり後世―中国文化の定着後―になってからではないかと考える。その点で、以上あげた説は、すべて「タイザ」を音読み漢語とみており、和語地名と認めていないところに大きな疑問符をつけざるをえない。

ところで、「間人皇后」は、「紀」において「泥（涅）部穴穂部皇后」とも表記されている。そして、「泥部」「間人」ともに「はしひと」と今訓まれているのであるが、「泥」の古い和語は「ひぢ」である（『古事記伝』は、「はじひと」つまり「土師人」の意と説く。「はじ」は「はにし」の変化した語）。「土」の古訓はさまざまで「つち・くに・はに・ひぢ等々」と多い。そして「はに（はじ）」と「ひぢ」とは、それぞれ指示するものを異にすると語釈されている。しかし、「はに」は「ひぢ」に通うものであったと考えられないか。意味的には、「はに」は「ひぢ」の一種であったとみてよい可能性がある。

間人郷は、間人皇后の御名代であったか、あるいは竹野神社及びその周辺の古墳などを管理し、埴輪などをつくっていた土師部の集落であったのか。元来は、後者だったとすれば、弥生時代につづく古墳文化の時代になって埴輪などをつくった人々（「泥部」「土師部」と呼称された）の住んでいた地域で、後に間人皇后の名（泥部―間人）に変化のあるように「間人」と表記するようになったのかもしれない(9)。

しかし、「タイザ」とは、いかなる意味の語か。朝鮮の史料『海東諸国紀』の応仁二年の記事に「田伊佐」と記されている。タイザでなくタイサであった可能性がある。又、「田位佐」とも書いたというから(10)―そうでなくとも―「イ」はもと「ヰ」であったことを否定する根拠はない。勿論、「退座」「対座」「大社・大酒」だと、タイはすべて歴史的かなづかいでは「たい」であった。これらの漢字音漢語地名説をしりぞける筆者は、タイザは、もとは和語「たゐさ」であったのではないかと思量する。それは古墳文化以前からの弥生農耕文化において、つまり「はにひと」（はじひと・間人）以前において、すでに存在していた地名ではなかったかと推定する。

「たゐさ」を、「たゐ」＋「さ」だとみると、「たゐ」は「田井」であろう。それは「田」を意味する語で『万葉集』などにその用例をみることができる。のみならず、地名にも「田井」がある。また、「吉備の田狭」という語もある。地名には「――さ」という語構成を有する語が現に丹後地方でも「与佐（謝）」「加佐」とあり、「若狭」は隣国の名である。こうした地名にみられる「さ」をすべて同意義の語とみることはできないかもしれない。また、地名の「さ」を朝鮮語と考えて「ソ（古代朝鮮の民族名）」とか、牛の意の朝鮮語「ソ」と同語とみる考えなどもある。

『和名類聚抄』（高山寺本）には、「竹野郡」に「木津岐津、網野、鳥取、小野、間人、竹野」をあげている。「間人郷」は、旧間人村（大間・間人・砂方）徳光村（三宅・大山・成願寺）が該当するという。「竹野郷」に隣接して、竹野川下流の重要な田所であったと考えられる。それは、丹後二の宮「大宮売神社」の周枳（すき）郷に隣接する神戸郷（河辺郷か）が重要な神の田所であった関係と類同である(11)。

「はに―ひぢ」に音相通の関係をみたように、さらに「たに―たぢ」の関係を想定できることから、私は、最も古くは「丹波（たには）」とは、後の「但馬（たぢま―たじま）」をも含んだ地域を指す地名であったと考えたい。

(四) 丹波と但馬

丹後国が丹波国から分立して「丹後(たにはのみちのしり)」と呼ばれるようになったのは和銅六年(七一三)以降である。郡郷名に丹波郡丹波郷を残したことにも、丹後が旧丹波時代の中心的位置にあったことを想像しうる。

丹波が古くは、但馬をも含んだ地域ではなかったかと考える根拠の一つには、「丹波」なる地名が、古名の「越」「吉備」などに匹敵するものであったと考えられる呼称であるからである。四道将軍派遣の記述において、「丹波(「記」では旦波国)」が「北陸道(「記」では高志道)」「東海道(「記」では東海十二道)」「西(海)道」(「記」考霊記に吉備国)などと並べられるにふさわしい地名であったと考えられるからである。派遣された将軍については、「記」では、父「日子坐王」(彦坐王)とするが、「紀」では、その子「丹波道主命」とする。上田正昭氏も指摘するように[12]、「道(の)主」とあることに注目したい。

「たじま」は仮名表記では、「多遅摩」「多遅麻」「田道間(人名)」などとある。「ぢ」は「に」と、また「ま」は「ば」に交替しやすかった[13]。竹野川流域は、おそらく、天日槍を祖神とする出石族の有力な豪族の根拠地でもあったのではないかと思量する。彼らは、稲作農耕文化など高度な技術を携えて、後に新羅と呼ばれることになった、朝鮮半島の辰韓地方から渡来してきた人々であり、先住の出雲（文化）族の勢力の上に重なって、この丹後地方に新勢力を張った人々であったに違いない。

但馬がもと丹波のうちにあったと考えると、その根拠地は、後の丹後地方にあったことはいうまでもないが、その丹後地方にあった天日槍出石族が、比治山の北面の丹後を追われて、比治山の南面の但馬の出石地方に定着して、そこを根拠地にして、勢力は丹波から自立し、「但馬（たぢま）」となったのであろうと推定する。(14) 但馬国一の宮出石神社の存在からして、出石地方が但馬国の中心地であったものと考えられる（但馬国の国府は、出石地方の西に隣接する高田（日置）郷にあったとみられている）。いったい、天日槍族の勢力はなぜ丹後地方から但馬へと移動することになったのか(15)（勢力の移動であって、一族同族のこぞっての移動とは異なる。つまり、天日槍族のうちには、丹後地方に定着して、本体の勢力とともには移動しなかった部分もあるであろう）。

（五）真名井の移動と勢力の移動

移動と言えば「真名井」の移動について語らねばならない。比治山の頂の「真名井」（『丹後国風土記』逸文）は、その麓の「藤社神社」「比沼麻奈為神社」となって残ったが、「真名井」の名を継承しているのは、丹後国一の宮「籠神社」である。当社の「御由緒略記」には次のようにある。

奥宮（境外摂社）　真名井神社

磐座本宮豊受大神（倉稲魂命）

磐座西座天照大神、岐美二大神

本宮　籠神社

主神　彦火明命

相殿　豊受大神・天照大神・海神・天水分神

末社　蛭子神社（古称恵美須彦火火出見命社）外

吉田東伍『大日本地名辞典』が、「国府の盛代に彼地なる豊受神社（注＝比治山の麓の二つの神社）を移して拝礼に便宜したるらん、かかる例諸国に多し」と指摘するのは、あやまりと言えない。籠神社の西に隣接して国府・国分寺があった。丹波郡（後、中郡）から与佐（謝）郡へと、真名井は移動した。それにはそれなりの理由がなければならない。

彦火明命（天火明命とも）は、当地の丹波国造の祖神とされている神で、「丹波国造海部直本系帳」（国宝）には、

（A）彦火明命―正哉吾勝勝速日天押穂耳尊第三御子―（児）倭宿弥―（孫）建振熊宿弥―（三世）海部直都比

とあり、「国造本紀」には、

（B）丹波国造、志賀高穴穂朝（成務）の後也。

尾張国造の同祖

とある。又別伝があって、

（C）天御陰命―宇介水彦命―宇介津彦命―大倉岐命―倭宿弥―建振熊命―海部直都比

とある。（(A)（B）（C）いずれも、鳥越憲三郎『大いなる邪馬台国』（講談社、一九七五年）から引用したもの）

後世、籠神社を祭祀してきたのは、海部直氏であった。（A）の天孫降臨神「彦火明命」に結びつけていることはともかくとして、（B）（C）は、丹波系氏族の実態をかなりよく反映している系譜ではないかと考えられる。

高穴穂朝は、「記」によると、成務朝からであるが、「紀」によると、景行朝からということになる。（B）の系譜は、むしろ、景行朝を念頭においているものと筆者は考えるが、とすれば、垂仁帝までのイリ系の皇統譜に対して、「オオタラシヒコ→ワカタラシヒコ→タラシナカツヒコ→オキナガタラシヒメ」（略表示もある）とつづくタラシ系に組み入れられた系譜を意味していると考えられる。その意識が最も端的に顕現しているのが（C）の系譜であり、「天御陰命」とは、彦坐王の妻息長水依姫の父天の御影の神（近江三上山の神）のことと思われるからである。息長族と結縁をもつ彦坐王は、開化帝の子であり、息長水依姫との間に生まれた子こそ丹波道主命であった。「記」では、四道将軍を父の日子坐王（彦坐王）とし、「紀」では、その子丹波道主命とする。この氏族系譜につらなる人々を丹波系氏族とよびもするが、それは言うなれば、息長族の勢力を背景にした氏族であったと考えられる。

浦嶋子の日下部族は、『新撰姓氏録』に「彦坐命之後也」とある。籠神社の東北に伝承地筒川（日置郷のうち）がある。この丹波系氏族と開化帝の妃となった竹野媛の出自丹波大県主族とは別系と考えなければならない。四道将軍は大和朝廷から派遣された勢力であって、いわば征服者ともいうべき存在であった。つまり、土着していた丹波大県主族系——おそらく但馬国造の同祖竹野別はその主たる系統——の上に、大和王権をバックボーンとする息長族系の勢力がおおいかぶさっていって——このことは越前気比神宮にもみられる事実であった——新しい丹波氏族として丹後地方を支配するに至ったことを物語っていると考える。

息長族とはツヌガアラシト等を祖神とする意富加羅系の渡来人の系統ではなかったかと思量する。その勢力は丹後地方にあっては、加悦谷（かや）（加耶・安良・阿知江・物部など）を本拠地として広がったのではないかと思う。丹後地方の前期古墳が、竹野・熊野地方と加悦谷地方の二地域に集中し、両者はその点勢力の空間的対峙性を感じさせるが、それは通時的にみる時、縄文から弥生・古墳時代へと勢力を有していた竹野・熊野地方の新羅系渡来人文化から、古墳時代から以後、勢力を有して優位を占めるようになった加悦谷・与謝地方の意富加羅系渡来人文化へという構造をよみとるべき事実を暗示していると考える。この政治的勢力の移動が「真名井」の遷行の道であり、それは又、伊勢への道でもあった。

新羅系出石族は、加悦谷の西の背後の山を越え又は、磯砂（比治）山を大路から南へと越えて、出石盆地へと移動していった。この二つの山越えの道は古来現在まで往来の絶えない道である。

注

（1）梅原猛「日本精神の系譜　2蔭の部分」（『すばる』第2号、集英社、一九七〇年）。

（2）古くは、「大呂」と書いた。『筑前国風土記』が伝える「意呂山」と関係のある地名だろうか。「大」「意」はア行の「お」。

（3）この二つの神社をめぐって「真名井」の大論争がかつてあったという（『丹後国中郡誌稿』に詳しい）。今、土地の人は、比沼麻奈為神社を母神、藤社神社（藤神社とも。足占山南面の出石にも藤神社がある）を父神と呼びわけている。前者は、今真名井嶽（久次岳の別称）と呼ばれる山の麓にあるが、社前の鳥居は足占山の方角を向いている。なお、真名井嶽の名は後世の名ではないかと思われる。「藤」について、吉田東伍などは「比治（ひぢ）」の訛伝とするが「藤」は、イヅシヒメの伝承譚にも重要な意味をもつ植物であり、「藤布」（これは袖志の海女の命綱ともなった）や、籠神社の葵祭りにもゆかりの植物でもあるから、単に訛伝として処理してしまうべきではない。又「藤社」の「社（こそ）」は、「ひめごそ」の「こそ」にも通じることから、藤社の名はなお検討を要する語である。出石の藤神社は藤が森にある。

（4）真間の手児奈の「勝鹿の真間の井見れば立ち平し水汲ましけむ手児奈し念ほゆ」（『万葉集』巻第九、一八〇八）なども、巫女の面影を伝えるものか。

（5）今に伝わる、大路の七夕（たなばた）さん（安達家）の伝承話でも「磯砂山（いさなご）」といい、またの名を足占山（あしうら）真名井（まない）嶽という、と伝える。

（6）「菱」は歴史的かなづかいは「ひし（じ）」であるが、「比治（山）」は「ひち（ぢ）」である。つまり「菱山」の表記は江戸期以降「じ」「ぢ」の音韻的区別が失われて以降に当てられた漢字だということになる。

（7）峰山町二箇の老婆によると、雨がふらず困ると「いさなごの女池（めいけ）に行って水をかきまわしたものだ」と語る。「すると不思議に雨が降った。」という。

（8）八木康敞『丹後ちりめん物語』（三省堂新書、一九七〇年）。

（9）平城旧趾出土木簡によって「間人郷」に「土師部」が居住していたことが分かる。それを踏まえて難読地名「間人（たいざ）」については別途考察している。

このノート執筆の折、昭和四十年に木簡の出土していたことにまだ気づいていなかった。右の木簡によって間人郷に「土師部」が居住していたことが証明されたのである。なお、〈探究ノート5〉も参照のこと。

（10）山本四郎『京都府の歴史散歩（下）』（山川出版社、一九七五年）によるが、典拠不明。

（11）今、間人には、小間区大間区にそれぞれ「三柱神社」を祭る。祭神は「稲産霊神・保食神・倉稲魂神」の三柱ですべて穀物神とみられる。「三柱神社」は、又三宝荒神社とも称せられ、丹後地方一帯に多い神社名でもある。

(12) 上田正昭『淡交選書 道の古代史』(淡交社、一九七四年)。

(13) 馬淵和夫『国語音韻論』(笠間書院、一九七一年)に「ナ行音は［n］で表わされるが、／ニ／に限って［nz］で表わされ、それに対して／ヂ／が［n］で表わされている。ダ行の字と同字が多いがこれは、ダ行音の鼻音性が強く意識されてナ行音と混同したかと思われる。」(上代音韻の音価)。「丹波」を「但波」とも書いた。また「丹比(たぢひ)真人」の例もある。

(14) 但馬国はもと丹波国に属したが、七世紀後半丹波国造が支配する丹波国から分立したとみられている。『日本書紀』天武四年(六七五)に「但馬国」とある。

(15) 大和王権(日子坐王―丹波道主命)の丹後地域への侵出によって、天日矛族は出石へと追い出されていったのではないか。

(16) 国府は、今も地名として残る「府中」の地にあったことがわかるが、それ以前には、「丹波郡丹波郷」(京丹後市峰山町)、あるいは「熊野郡」(京丹後市久美浜町)の海人族の地「海士」にあったと言われている。

〔参考〕

羽衣天女

丹後の羽衣伝説は、『丹後国風土記』逸文として残る伝承。丹後国丹波郡（後の中郡）の比治山（今の礒砂山、あるいは久次岳とも）の頂きにある真名井（今、女池という）に降り立った八天女の一人をわなさ翁嫗が養女にする。十有余年、天女は万病に効く霊酒を醸し、翁夫婦は富み栄えたが、実の子でないと天女は家を追い出され（貴種流離譚）、泣く泣く放浪する。奈具村（京丹後市弥栄町船木）に至ってやっと「心凪ぐしく」なり、そこに留まり、「豊宇賀能売命」神として奈具神社（八八頁参照）に祀られた。なお、天女のたどった「比治里」、「荒塩村」、「哭木（内記）村」、「奈具村」が地名起源譚を伴って語られている。

世界的に分布する白鳥処女説話の系譜をひく語りで、近江国伊香郡の小江（余呉湖）の羽衣伝説（『近江国風土記』逸文）とともに、日本最古の羽衣伝承である。伊香の羽衣が当地伊香連の始祖伝説になっているのに対して、丹後の羽衣は嗣子なき老夫婦が神の子を授かる、いわゆる申し子譚の祖型とも言えるもので、しかも伊香の話や三保の

磯砂山の山頂（京丹後市峰山町）
（京丹後市教育委員会提供）

松原（静岡市）の話を始めとする、他の羽衣伝説とは異なって、天女は天に帰ることなく、神が天降りして神社に祀られるという神社縁起譚の型に属することが注目される。

伊勢外宮の由来を記す『止由気宮儀式帳』によると、雄略天皇の夢に現れた天照大神の託宣によって、丹波国比治の真名井に坐す「等由気大神」を、天照大神の「御饌（食）津神」として祀ったのが「止由気宮（外宮）」だとする。「等由気大神」は「豊受大神」とも表記されるが、羽衣の天女「豊宇賀能売命」のことと考えられる。「うか（が）」「うけ」は穀霊神を意味する。しかし、後世の、いわゆる「神道五部書」の一つ『倭姫命世記』などでは、「豊受大神」を「元丹波国与謝郡比治山山頂の麻奈井原に坐す御食津神」で、またの名を「倉稲魂これなり」とし、外宮の別宮「酒殿神」を「豊宇賀能売命」とし「丹波竹野郡奈具社に坐す神これなり」としている（「比治山」を「与謝郡」とするのは誤りで「丹波郡」であるが、当時伊勢神宮においては、「真名井」を与謝郡の「与佐の宮」（籠神社の奥宮）のこととみていたことを意味する）。

「神道五部書」では、天照大神も丹波国与佐宮に一時滞在したことを語り、そこに「止由気之皇神」も「天降り坐」したという。以上のような事情から、伊勢の内宮外宮の元はどこかという、元伊勢をめぐって論議を生むことになった。また、別に「延喜式」に記録されている「比治（沼とも）麻奈為神社」の同定をめぐって、峰山町久次の現「比沼麻奈爲神社」か鱒留の「藤社神社」かという論議があるが、ここにも元伊勢論議が微妙に絡んでいる。

ところで、礒砂山（元比治山）の麓の集落大路には、もう一つの羽衣伝説が口頭で伝わっている。「さんねもと天女」（峰山町羽衣絵本制作委員会編）によって梗概をしるす。

若い猟師さんねも（三右衛門）が比治山山頂付近で水浴びする八天女をみつけ、その一人の羽衣をとって家宝にしようと持ち帰る。天に帰ることができなくなった天女は、仕方なく猟師の妻にな

乙女神社（京丹後市峰山町大路）
（京丹後市観光協会提供）

り「三人の娘」を生む。米、酒を作り、養蚕、機織りを広めて家も村も豊かになる。天女はある日大黒柱に隠されていた羽衣を見つけ、天に帰ってしまう。さんねもは、天女恋しさに夕顔の蔓をよ

多久神社（京丹後市峰山町丹波）
（京丹後市役所観光振興課提供）

じ登って、天界で天女に会い、天の川に橋を架ける仕事を課されるが、失敗して下界に押し流されてしまう。その時七日七日ごとを聞き誤って、七月七日にしか会えなくなってしまった、という話。

　さんねもの家系を継ぐという家では、今も七夕祭りを続けている。

　これは典型的な七夕由来譚で、全国的に見られる型（語り）の一つである。なお、「三人の娘」は大路の乙女（おとめ）神社、丹波の多久（たく）神社、船木の奈具神社（八八頁参照）に祀られているというが、現在はいずれの祭神も豊宇賀能売命とされている。

〔参考〕
丹後半島、西から東へ

　和銅六年（七一三）、丹波国から丹後国が分国したが、行政地名として丹後国内に丹波郡（後、中郡）丹波郷と、「丹波」の名は残った。旧丹波国の勢力の拠点が丹波郷（現京丹後市峰山町丹波）を中心としていたことを物語っている。現実的には、竹野川沿岸の丹波郡及び竹野郡が祭政的、文化的中心地であった。しかし、丹後の分国と同時に、国府が現在の府中に遷ることによって、単に行政上の拠点が遷っただけでなく、伝承に関しても、言わば西から東へと舞台変化が伴ったと思われる諸事象がある。

　西村亨氏は「古代丹波（たには）の研究—宮廷信仰と地方信仰と—」『慶応義塾大学言語文化研

究所紀要』一号)で「古代の丹波にとって重要な土地であった丹波郡あるいは竹野郡から、政治上の中心が与謝郡へと移っているのである」と述べ、祭祀に関しても勢力が丹波道主命系から、丹波国造海部直氏系へと遷ったことを示唆している。門脇禎二氏は、この西村の提言を、「非常に重要な指摘」と述べ、注目している(「丹後王国論序説」『丹後半島学術調査報告』京都府立大学)。

伊勢外宮の祭神・豊受大神は、丹後の穀霊神「豊宇賀能売命」(羽衣伝承の天女であり、奈具神社の祭神)が勧請された神という伝承がある。『止由気宮儀式帳』延暦二十三年(八〇四)は止由気大神を「丹波国比治里真名井原」から天照大神の「御饌(食)津神」として招いたと由来を語っている。この「真名井」の所在地を、「神道五部書」では与佐郡としているように、丹後一の宮籠神社の奥宮の真名井神社(豊受大神を祀る。もと「よさの宮(匏宮)」と呼ばれた、籠神社の元宮)と受け取られているが、「風土記」逸文では、丹波郡(後、中郡)の比治山[注]の山頂にある、天女が降り立った「(真奈)井」のことであった。『延喜式神名帳』丹波郡では「比治麻奈為神社」が記録されているが、この式内社をめぐっては、現在の「比沼麻奈為神社」か「藤社神社」かの両説が存在する。また、外宮の神の、伊勢以前に祀られていた神社、籠神社の奥宮である真名井神社とみる伝承もある。「真名井」は、丹波郡(西)から与謝郡(東)へと移ったことになる。

国衙(国府)についても、後の府中以前は、丹波郡丹波郷、あるいは熊野郡海部郷にあったという伝承がある。「丹波国熊野郡川上庄海部里を国府とし、館を造り、もって海部直と号す」とある(『京都府熊野郡誌』)。国府の所在地が西から東へと遷ったことになる。

天火明命を主祭神とする籠神社は、養老三年(七一九)に海部直が祭祀することにはじまったと、国宝の「海部氏系図」が語っているが、それ以前は熊野郡の「海士郷」を中心に海人族が祭祀していたものと言われ、それが西から東に遷宮されたものと思われるところがある。籠神社はのち丹後一の宮と称され、二の宮は丹波郡（後、中郡）の大宮売神社である。

浦嶋子の伝承も、もっぱら「風土記」逸文に残る、与謝郡の筒川の伝承として知られるが、西の網野神社や嶋児神社も浦嶋子を祀っている。嶋子の居住地を示す「水の江」も浅茂川の潟湖を意味したと解されている。共に海人族の日下部氏に関わっているし、網野神社の神紋と宇良（浦嶋）神社に奉仕する三野氏の家紋も同じ紋である。丸の中に三というデザインで日下部氏の紋と言われる。この伝承も、西から東へと伝承地の注目が移ったのではないだろうか。

なお、口頭伝承ながら、徐福伝承に関しても東の新井崎（与謝郡伊根町）に漂着以前に西の網野郷の離湖（潟湖）に先ず漂着したとも伝えられている。

注　「比治山」は、「一山四名」と言われ、古来四つの名を持つとされる。「比治山」の外に、「真名井が嶽」「足占山」「磯砂山」の四つの名である。

5　地名「間人」について
――『はし』という語を中心に

（一）なぜ「間人」をタイザと読むか

丹後半島北端にある地名「間人」、とても漢字の音・訓からはこれを「タイザ」と読む根拠は見つけることができない。この難読地名「間人（たいざ）」の成立については、すでに私見を「古代文学と言語学」（『古代文学とは何か』勉誠社所収）、「間人」（『京都の地名 検証（1）』勉誠出版）などに述べてきた。ここでは、「間」の字が「はし」と読めるのはなぜかを、念頭に置き、「はし」という語の単語家族（ワードファミリー）の中での位置を確認し、合わせて「橋立」という地名についての私見も述べることを、主としたい。

とは言え、先ず「間人」を「タイザ」と読むのはなぜかについての私見を整理しておく。「タイザ」という音形式が確認できるのは、『海東諸国紀』（十五世紀・朝鮮の資料）の「田伊佐（津）」や、地元の『一色軍記』（江戸中期か）の「対座」などで、これらが最も古い。一方、「間人」という文字表記が記録されたものとなると、ずっと時代を遡って確認することができる。まず『和名類聚抄』（十世紀前半）に「丹後国竹野郡間人（郷）」（高山寺本）とある。しかし、現存の写本では読みを知ることはできない。さらに注目すべきことは、昭和四十年に平城宮址から発掘された木簡の一つに、

丹後国竹野郡間人郷土師部乙山中男作物海藻六斤

という、奈良時代の七六九年の荷札が存在したことである。

残念ながら、この木簡でも読みは不明。そこで参考になるのが、他の地の地名や人名である。『和名類聚抄』によると、備中国浅口郡にも間人（郷）があり、「波之布止」（高山寺本）「萬無土」（刊本）、また肥後国山鹿郡には「箸人」という郷もある。「波之布止」は「はしひと」の音訛した「はしうど」を仮名遣いの錯覚から「う」を「ふ」（布）としたもので、「萬無土」（まむど）は「間」を「ま」と読み、やはり「まひと」の音訛で「まうど―まむと」となったものの、万葉仮名による表記である。

また、『万葉集』には「間人連老」や「間人宿祢大浦」など、いずれも伝未詳ながら「間人」を名乗る人物がいて、現在「はしひと」と読まれている。外に、舒明天皇の皇女に「間人皇女」がいた。その他、平安初期の資料『新撰姓氏録』に「間人宿祢」や「間人造」などが記録されていて、群書類従本では「ハシウト」という読みが付けられている。「誉屋別命之後也」などとある。

そしてもっとも注目されるのは、「記紀」が伝える、聖徳太子の母「穴穂部間人皇后」の存在である。弟の穴穂部皇子についても同じことが言えるが、「間人」が「泥（埿）部」とも別表記されていて、いずれも「はしひと」と読まれている。古代における、こうした和名の漢字表記から類推して、丹後の地名「間人」も、本来「はしひと（訛言で、はしうど）」と呼ばれた地名であったと考えられる。

では、「はしひと」は何を意味したのだろうか。先に見た「木簡」の発見によって、「間人」地域に土師部がいたことが証明されたが、「はしひと」とは「土師人」を意味したと考えたい（すでに吉田東伍編『大日本地名辞典』に、こう解する可能性のあることが示唆されている）。京丹後市丹後町の神明山古墳をはじめ、同網野町の銚子山古墳、同弥栄町黒部の銚子山古墳、さらには与謝野町加悦の蛭子山古墳など、近隣地域に巨大古墳が存在しているが、これらの古墳の築造や葬送儀礼に当たったのが丹後（当時は丹波）国の土師部であったと考えることができるからである（歴史伝承として、開化天皇から垂仁天皇・倭姫命に至る伝承を中心にして、垂仁天皇の后日葉酢媛や土師氏の埴輪伝承などが丹後と関わるが、このことはここでは割愛する）[1]。

さて、では「間人」が「はしひと」であったにもかかわらず、「タイザ」（私見ではもとは「タヰサ」あるいは「タギサ」であったと考えるが、このことは後に述べたい）と読まれるのはなぜか。民間語源説では、「タイザ」を漢語の「退座」「対座」であったとみるなどと、「間人皇后」にまつわる伝承で説明しているが、[2] 古い時代に漢語地名の存在したことは考えられないので、あくまで和語の地名であったとして論を進めたい。

地名の漢字表記とその読みがズレているものについて、枕詞で説明されるものがある。例えば「飛鳥」と書いて「あすか」と読むなど。これは「飛ぶ鳥の」が枕詞で地名「あすか」を称えていた詞であったことから、「飛鳥」をも「あすか」と読むようになった。同じ例に「日の下のくさか（草香）」から「日下」を「くさか」と読む。外に「春日（かすが）」「長谷（はつせ・はせ）」などがある。[3] ここから類推して「はしひと（間人）の」が「タイザ」を称える枕詞であったことから「間人」と書いて「タイザ」と読むようになったという解釈をとっておきたい。最近、鏡味明克氏も枕詞説を示唆されている（「難読に隠された地名の意味」『國文學』二〇〇二年九月）が、しかし、「はしひとのたいざ」とは何を意味するかは、今後の課題と述べている。

丹後地方は、丹後王国論が説かれたりもするように、早くに文化の面でも先進的なところであったと思われる。先に指摘した、「記紀」の垂仁天皇をめぐる伝承をはじめ、古『丹後国風土記』は逸文の形でしか残っていないが、比治山の羽衣伝承（地名起源譚を含む）や、後で述べる「橋立」伝承、さらには「浦嶋子」の伝承など、豊かな口頭伝承を記録しているのである。

(二) なぜ「間」が「はし」と読めるか

現代語に「はし」の同音異義語が三つある。「橋」「箸」「端」で、東京式アクセントでは、三つとも異なるアクセントである。それぞれが別語であることを意味する。「橋」を渡って来てはいけませんと言われた一休さんが、それでも堂堂と「橋」を渡ってきて、その言い訳に、「はし」を渡ってきてはいません、真中通ってきました、という。「橋」を「端」にかけての屁理屈であるが、「端」と「橋」はアクセントが異なり別語だから、一休さんはずるいのである。

アクセントが異なれば、その時代においては別語と見るべきであるが、そのことをもって元から別語であったかどうか、同源語であるかないかを決定する根拠と考える理由にはならない。私見では、この三つの「はし」は元同じ語であったと考える。

「箸」は、中国から入ってきたと言われる二本箸が早くから定着したようだが、日本固有の元々の「箸」は、ピンセットのような形のもの(Vないし Y字型)だったと言われる。鳥の「くちばし(嘴)」(単に「はし」とも言う)はその派生語とみられる。「橋」は、ピンセット型の「箸」と形態的・機能的な面で類似性があり、意味を分化させて別語となったものと考えられる。また、「橋」はこちらの世界の「端」ともう一つの世界の「端」とを繋ぐ働きをするものである。そういう異質なもの(空間・世界・土地)同士が接しながら切れている空間を「間」(あいだ・ま)といって、「中（なか）」とは区別された（渡辺実「所と時の指定に関わる語の幾つか」『国語学』181集・一九九五年）。稲作農耕民族である古代人にとっては、川が隔てる向こうの世界は、異郷に通う世界と受け取られていただろう。「橋」は、こちらとあちらの異郷とをつなぐ「あいだ・ま」であった。「間」が「はし」と読まれるのは、こうした認識に基づくものと思われる。こちらとあちらをつなぐ間（あいだ・ま）が「はし」、間であり橋である。「橋」は「あひだ・ま（間）」であった。

もっとも土師人を意味して「間人」という文字を宛て「はしひと」と読ませたのであるが、漢字「間」が和語「はし」に当たることを活用したに過ぎない。いわゆる「訓仮名」に相当する用字法である。

さて、古語を考える上で必要かと思われることから、「は」を語基とする単語の派生の系譜をまとめてみた（補注）（次頁の別表を参照）。

表に見るように、母音変化（いわゆる活用）を基調として、派生関係にある同源語の単語グループを、ワードファミリー（単語家族）という。「は」「へ」「ほ」のように母音変化によって別語が派生する場合と、「は」から「はし」「はな」「はた」のように、「は」などの一音節語に別の音節をつけて二音節以上の別語を派生する場合とがある。名詞から名詞が派生するばかりでなく、「はす——はしる」のように動詞など他の品詞も派生させることがある。

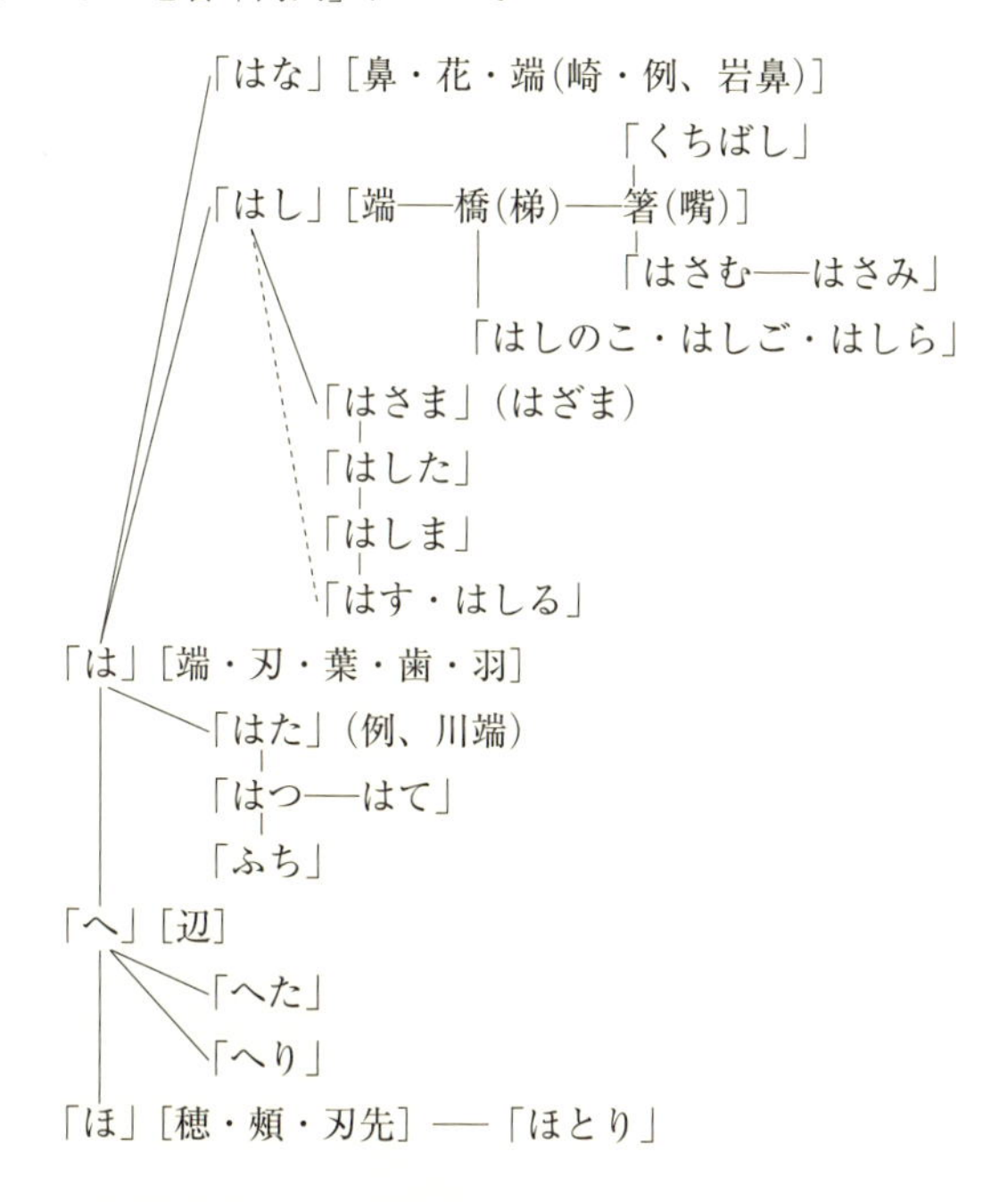

【別表】「は」の単語家族（ワードファミリー）

この別表で示した語の系譜が、必ずしも語の成立前後と一致していないところがあるかもしれないが、すべて私見である。また、十分可能性があるにもかかわらず、この系譜に取り込んでいない語も存在するかもしれない。例えば「は」も、「先、端っこ、末」の意に通ずることから、「山の端」の「端（は）」のみならず、「葉」、「歯」などとも同源語であった可能性があると見ている。この別表では、［　］で示している。

(三)「橋立」の意味と用法

丹後の地名「天の橋立」の「はし」は、どんな意味だったのか。『丹後国風土記』逸文では、「はし」に「椅」の字を宛てている。

ところで「はしたての」が『万葉集』の歌などでは「枕詞」として用いられている。井手至氏（「枕詞ハシタテノの性格―ハシタテの習俗をめぐって―」『国語国文』一九六〇年九月）によると、「上古における境界でおこなはれたと想定されるハシタテの習俗を背景として成立した枕詞」であったという（例・橋立の倉椅山に立てる白雲見まくほり我がするなへに立てる白雲『万葉集』巻七）。「はし」は枝分かれした（Y字型の）樹枝をかたどったもの（箸の原形と見てよい）で、土に突き立て、神の招代・依代あるいは神座、つまり斎串としての役目を果たしていたと見ている。神が降臨する「はし」であると認識されたことから、「はし」が「梯子（はしのこ・はしご）」の意味に意識されるようになって、「倉橋（山・川）」などに懸かる枕詞としても用いられるようになったという。そして例えば、『丹後国風土記』逸文の「天椅立」伝承では、天と通行するために立てられた「椅」の倒れ伏したものと語っていることから、神の招代・依代としてのハシという認識からは遊離して、具としての「梯子」に見立てていると指摘している。[4]

今では専ら「天橋立」と「橋」の字を宛てるが、こちら（地上）とあちら（天上）の世界をつなぐものという認識が変化したことを反映していると見てよいだろう。「風土記」逸文には、「先名二天椅立一、後名二久志濱一（略）故云二久志備浜一　此中間云二久志一」とある。この「先・後」の解釈には二通りがあるようだ。つまり一つは、空間の前後と見て、あの長い砂洲の先端の方と根元の方とを区別して指すという理解で、「天椅立」「久志濱（久志）」それぞれが指す部分が異なったことを意味する。もう一つは、時間の前後と見て、「天椅立」が古い呼名で、「久志濱（久志）」が新しい呼名と解する読みである。一体この二つの名はどういう関係にあったと見るべきなのであろうか。

後には、専ら「天の橋立」の語のみが残り、「くし（はま）」の方は用いられることがないが、「くし」が「串」の意であるなら、海に長々と突き出した形状による自然地名の類と考えられる。ただしこの場合、「先後」は時間的区別を意味したことになる。砂洲の根元より先端のほうが「串」状に適しているからで、空間的区別と解する読み方では矛盾するからである。もとは「くしびの浜」と言っていたが、「くしび」とは「串の状態である」の意であろう。「天椅立」は「くしび―くし（はま）」を比喩した語ではなかったかと愚考する。たとえば「はしだての久志備の濱に」といった表現に用いられた、「はしだての」は枕詞だったのではないだろうか。大和では、かなり古くに「はしだての」が枕詞であったらしいのである。

(四)「タイザ」の語源を考える

現在も語り継がれている、「間人村濫觴記録」などが伝える間人皇后「退座(たいざ)」説は、漢字に基づく字音語(漢語)であるところに大きな難点があり、もし「タイザ」が古代から受け継がれてきた地名だとすると、和語名であったはずである。もっとも本来「はしひと(はしうど)」と呼ばれていたのに、中世以後に「たいざ」という呼名が発生したというなら、話は別である(現在「タイザ」という音形式は中世までしか遡れない[5])。しかしそのころになって「間人」と書いて「たいざ」と読むようになったというのも不自然である。

では、何時ごろから「たいざ」という地名はあったのか。日本列島の中での位置からして、朝鮮半島や中国大陸との交流のもっとも近いところの一拠点であったと見られることから、古代朝鮮語であると考える説もあり得る。また、古代アイヌ語で解する地元の説なども存在する。

谷源蔵氏のアイヌ語説(『間人名称の考証』、ただしここでは『丹後町史』による)は、アイヌ原語の「タイ(森林)ヒット(人)」が元の形で、後に時代がたつにつれて、「タイヒト」となり後「タイジャ」さらに「タイザ」となったと説明する。「ヒット(人)」が「間人」の「人」に対応させたものだとするなら、こういう当てかたは受け入れがたい。また、なんといっても「ヒト(人)」から「ジャ(者)」への変化を想定するのは、荒唐無稽としか言いようがない。仮にアイヌ語とするなら、永田良茂氏のように、「さ」はアイヌ語の「浜」を意味する語と見るほうが、地形にも合っていると言える（京都地名研究会第2回例会の発表資料による）。永田氏によると、アイヌ語「タイザ」は「林の浜」という意味の語であると言う。どういう地勢をイメージするのか、理解に苦しむが。

言葉は変化し、伝播するものであり、人々もあるいは民族も交替することがありうるが、地名はそうした時代・社会の変化を超えて、比較的継承されやすい面をもった言葉であるとも言えよう（逆に簡単に変えられてしまうこともある）。その意味で日本列島における民族の移動の歴史が明らかにならないとなんとも言えないが、丹後地方に、特に地名においてアイヌ語地名が残存していないとは、断定的には言えない。しかし、軽軽にアイヌ語説で説明することには慎重でなければならない。

和語だとすると、古代語以前の日本語では、語中語尾（正確には文節を単位に考えるべきであるが）に母音が自立する形（母音音節）では存在しなかったから、つまり二重母音は避けられたから、地名においても「タイザ」という音連続であることは許されなかった。それが可能になったのは、イ音便現象が発生して以後のことで、だから「タイザ」の「イ」も、もとの何かが変化した結果の形であると考えるべきことになる。

吉田金彦説（『京都滋賀　古代地名を歩く』京都新聞社刊）は、「たぎさ」のイ音便形とする。「たぎ」は、「たぎたぎし」という形容詞（道の凸凹していて歩きにくい状態の意）と同源語で、現在の間人地区からも想像できるように、海岸がごつごつした岩肌であることの印象から付けられた地名と見ている。同様の音変化に、「たぎま（当麻）」（大和盆地の地名）が早くに「たいま」と変化したという例がある。また平安時代以降の形容詞「たいだいし」は「たぎたぎし」の音便形であると言われている。「さ」は「なぎさ（渚）」などの「さ」と同じで浜辺を指す語としている。「なぎさ」と「たぎさ」とは対になる地形語であったと言えよう。

私見では、「たゐさ」が「たいさ」となったのではないかと考えた。ワ行の「ゐ」とア行の「い」とは平安中期を過ぎた頃までは別の音節であった。その後、二つの音は、「い」の音で同じになって、仮名遣いが混乱する。それによって十五世紀の『海東諸国紀』などでは「たいさ」（田伊佐）の音で記録されるに至ったものと考えられる。しかし「たいさ」がいつごろから「たいざ（じゃ）」となったのかについては、よく分からない。先の「たぎたぎし」の音便形が「たいだいし」であることから類推して、イの音になったとき、後続の「サ」が濁音化したと考えてよいかも知れない。

「たゐ」は、『万葉集』などにも見られ、各地の地名にもある「田井（田居）」ではないかと思う。いわゆる、田・水田を意味する地形名であった。「さ」は渚の「さ」とも考えられるが、いずれにしろ「よさ」「わかさ」「とさ」など地名の多くに見られる「――さ」の例に連なるものであろう。ただこの説は、古代の「間人郷」がどの範囲の地域であって、竹野川の河口・下流域の水田における稲作農耕がいかに始まり、どのように展開したものであったかが、この解釈の正否を決定するのである。

私自身は現在のところ、吉田説が分かりやすく説得力があると判断している。

注

（1）本書の「本編」及び「〈探究ノート6〉『竹取物語』作者圏と菅原道真」参照。

（2）二〇四頁の「〔参考〕間人皇后」参照。

（3）糸井通浩「難読・難解地名の生成」（上・下）（京都地名研究会『地名探究』第15・16号、二〇一七・二〇一八年）。

（4）天—地、つまり上下をつなぐ「梯（はし・はしご）」から異なる空間を横につなぐ「橋（はし）」へと変貌したという「語り」になっている。

（5）朝鮮の資料『海東諸国紀』（十五世紀）にみえるのが初出例。

（補注）なお、蜂矢真郷氏に「ハ（端）をめぐる語群」（『親和国文』第15号、親和女子大学、一九八〇年十二月）という論考あり、参照されたし。

〔参考〕

間人皇后

竹野川の河口（京丹後市丹後町）の浜辺に、間人皇后と聖徳太子の母子像が立っている。皇后は用明天皇の妃で、穴穂部間人皇后と呼ばれた。その名に「間人」を有していて、何かとこの地（間人）との関係が語られてきた。

間人は『和名類聚抄』の竹野郡間人郷に当たる。京都の難読地名の一つで、「間人」でどうして「たいざ」「たいじゃ」と訓めるのか、謎とされている。この地を「間人」と表記した最古の例は、平城宮跡出土の木簡の「丹後国竹野郡間人郷土師部乙山中男作物海藻六斤」に見られる。また「タイザ」という呼び方の確認できる最古の例は、中世後期の朝鮮の史料『海東諸国紀』の「田伊佐津」（ただし、舞鶴の「田辺の伊佐津」とみる説もある）、あるいは江戸時代の『一色軍記』の「対座」である。

よく知られた語源譚は、「間人村濫觴記録」（『丹後国竹野郡誌』に引用）が語るもので、仏教をめぐる大和での蘇我氏と物部氏の騒乱を避けて、間人皇后は当時「大浜の里」と呼ばれていた当地に滞在された。やがて大和が落ち着きを取り戻したので帰京されることになり、その際、今後この村を「間人村」と名付けよ、と言われたが、皇后

間人皇后母子像
（京丹後市丹後町間人）
（京丹後市教育委員会提供）

の名を呼ぶのは恐れ多いと、「間人」の文字表記は残して、皇后が退座された、あるいは滞座されていたことを記念して、「間人」と書いて「たいざ」と読むようになったという。

古代の地名が漢字音で読む漢語であること、または漢字音を用いて漢語で命名することは普通考えられないし、間人皇后が丹後の地に居住したという記録もない。ただ、『丹後旧事記』によると、皇后の弟穴穂部皇子が反乱を起こし、蘇我馬子に追われて間人津に隠れたが、やがて蘇我氏によって暗殺されたという。「間人」が、皇后の私的領地であったなど、何かの関係はあったのかも知れない。

古代、地名や人名に「間人」と表記する名はほかにも存在する。例えば、備中国浅口郡間人（『和名類聚抄』）、間人老（『万葉集』）など、これらを一般には「はしひと」と読んでいる。また、肥後国山鹿郡箸人（『和名類聚抄』）という例もある。皇后の名も「はしひと（訛って、はしうど）」と訓む。「紀」では「渥部（穴穂部皇女）」とも書いている。弟も渥部穴穂部皇子と書かれた。先に示した木簡によってこの地に「土師部」が居たことが判明している。土師氏は、埴輪伝承を有する野見宿禰を祖として、古墳の築造など葬送儀礼にたずさわった氏族であった。

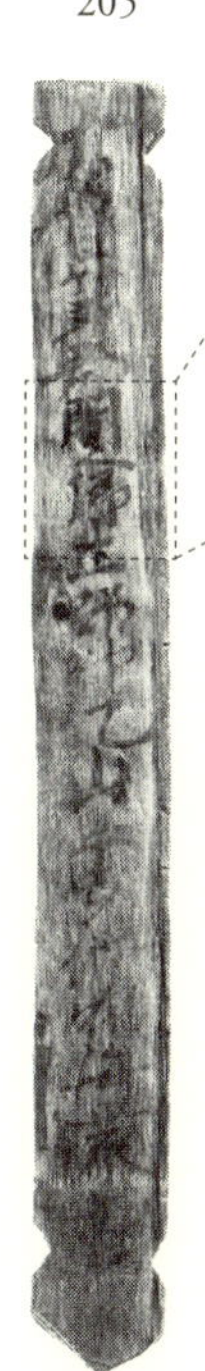

平城京跡出土木簡。「丹後国竹野郡間人郷土師部乙山中男作物海藻六斤」と書かれているのが読み取れる（奈良文化財研究所提供）

近隣に巨大前方後円墳をはじめ多くの古墳が存在していることからも、この両者を結びつけて考えるべきかもしれない。なお、「たいざ」の語源や「間人」という表記と「タイザ」という呼び方の結合の問題などが残る。

6　『竹取物語』作者圏と菅原道真

（一）『竹取物語』の舞台

竹取の翁の名が「さぬきのみやつこ（まろ）」（群書類聚本、他本「さるき」「さかき」）とあることから、翁の出自又は居住地が讃岐と関係あることがわかる。しかし、物語の舞台は、讃岐国であるとは考えられず、大和国と思われることから、大和の広瀬郡散吉が、その居住地と推定される（塚原鉄雄『新修竹取物語別記』）。広瀬郡には讃岐神社（延喜式内社）があり、「神名帳考證」によると、祭神は五十香足彦命、命は讃岐公の祖と伝承される神である。更に、広瀬郡の式内社に、於神社があるが、同名の社が讃岐国の式内社にも、於神社（苅田郡、後豊田郡、現三豊郡）、宇閉神社（鵜足郡、現綾歌郡）とある。これらは埴安姫を祭神とする。

又、かぐや姫の名付親「みむろどいむべのあきた」の「みむろど」（「みむろの」とみる。『万葉集』巻二・九四歌など参照）は、「竜田川紅葉々流る神奈備のみむろの山にしぐれふるらし」（『古今集』）などの歌にみえる「みむろ」ではなかろうか。つまり、中央斎（忌）部の、大和における居住地は高市郡とみられているのだが、この「秋田」の居住地は、広瀬郡に隣接する平群郡竜田ではなかったか。

(二)『竹取物語』の作者圏

さて、『竹取物語』の作者は不明である。むしろ、当時の物語のあり方からすれば、物語の作者は、「作り人知らず」であってよかったのだから、作者は探しあてようがないとすべきことであろう。しかし、『竹取物語』が、単に同時代の伝承譚を文字化したものではなかったとするならば、又そこにかなりの創作性(創作意識・方法意識)を認め得るならば、作者を単数とみるにしろ、複数(共同作業の意でなく、現存本に至るまでに数度を改変の過程を経たものであったとみる、その作者群)とみるにしろ、特定の作者の存在したことは疑えまい。ならば、そうした作者圏に属しえた人を、又はその作者像を探求していくことは有意味であり、従来も試みられてきたのであった。最も近くには、三谷邦明氏の紀長谷雄説や原国人氏の賀茂峯雄説などがあるが、なかでも説得力があるのは、塚原鉄雄氏等の、斎部氏系の人物とみる説である。小稿では、その延長線上において考えうる、『竹取物語』作者圏の中心に位置しえたと思われる第一級の人物として、菅原道真をとりあげ、その『竹取物語』との関連性を点描してみたい。

菅原道真について、『竹取物語』との関連性にふれているものが、すでに、森重敏氏の、かぐや姫に伊勢斎宮の心象をみるという卓説のうちにある（以下、森重敏「かぐや姫と伊勢斎宮」『文体の論理』所収に負う所多大）。それは、平安前期に、業平的派圏と順的派圏との対立を認め、時平を前者に、道真を後者に属すると認定するもので、「竹取物語の内容は、なによりも古来の記録—歴史に精通した、たとえば菅原氏のような、勘解由曹局的な大儒や諸蕃を含む学術者流でなければ、ほとんど制作不可能と思われる底のものである」と説いている。

道真当時においても、氏族系譜への関心は高く、都良香が道真に課した、方略試の策問の一つは「氏族を明らかにす」であったし、道真自身、『類聚国史』を編修するなどを通して、皇族氏族の系譜には精通していた、のみならず、異常な興味を抱いていたと指摘しうる。

(三)　道真と讃岐と竹

道真は、仁和二年四十二歳で讃岐守となった。この讃州時代に庶民生活の実態に眼を開かれることにもなり、この期の寒早十首は「憶良の貧窮問答歌と好一対」（弥永貞三）と評されもする。郷土資料の「山崎村綱敷天満宮縁起」などによると、道真が大宰府に左遷される折には、秦久利等がわざわざ出迎えて共に嘆き悲しんだ、という。ことに久利とは親交があったらしく、「天満神社　檀紙村大字中間ニアリ、仁和年間菅原道真国司タリシ時、屢中間郷秦久利ノ家ニ遊ブ、秦氏男ナク唯一女アリケレバ菅氏ノ族ヲ養ヒ嗣ト為ス」など伝えており、讃州時代の道真の、讃岐の秦氏との交流の深かったことを物語っている。中間郷には、竹藪という地名も残っている。
又、「陶村八幡宮畑田村八幡宮陶村社家記録」（『香川叢書』第一）によると、

菅丞相当国補任之時（中略）叢林中見レ有二光気一。則訪二其地一。有二神童一曰、吾是熊野権現也。吾待レ汝久矣。吾得レ汝心大安矣。汝得レ吾又国家大安矣。（中略）於レ是菅公立レ祠云々。此地旧讃留霊王之城跡。故云二猿尾一。

とあり、又

右伝聞、人皇五十八代光孝天皇御宇仁和年中、甲知郷八幡宮勧請之節、当所及二夜陰一在二光気一。有時農夫耕レ野。干時童子来而伴耕。農夫問レ之。童子曰。茲者甲知郷留神鞆丸。即不レ見。

という伝承のあることは注目してよい。「変化」のものの伝承であり、後者は小さ子としての少彦名神に由来するものかとも思われる。讃岐には、熊本県球磨郡の同話とともに、昔話「竹の子童子」の話が伝えられているのも面白い。主人公の名は桶屋の三吉（「三ちゃん」）といい、道真は、父是善（讃岐の権介も歴任）の三男であったことから、「菅三」とあだなされていたという。
道真が祈雨した城山神社のあった城山（きやま）（ここには、城山長者の伝承があり、城山は朝鮮式山城の一つで、秦氏族との関係が考えられている）の麓、讃岐の国府庁のあったあたりから、道真由縁の地滝宮のあたりにかけての地域も秦氏族の根拠地であったことから、秦氏との交流は日常的であっ

たと想像される。殊に香川郡の秦氏は、平安初期の著名な明法博士を多く出しており、秦氏とは学問的な学者流の交流があったことであろう。森重氏の指摘される、竟宴和歌諸蕃作者秦宿祢ないしその一族惟宗朝臣は、讃岐の秦氏であった。

讃岐と竹との結びつきには、例の、『古語拾遺』にみえる讃岐忌部の伝承があり、かぐや姫の名付親の名から、翁も、この讃岐忌部系下の人物と考えられる（三谷栄一）。秦氏及び漢系綾氏などの渡来人系氏族が中讃地方を中心に栄えたのに対して、天太玉命を祖とする忌部氏で、手置帆負命を祖とする讃岐忌部氏は、主として西讃地方を拠点として栄えた。例えば、「三野郡高野郷　今按ニ高野ハ竹野ナリ、竹田トイヘルカ郷内ニアルニテモシラル、ナリ、生駒記ニ曰ク、竹田村此里に当国忌部の荘とて、殊勝の地あり、此村往古貢に旗竿八百本云々」（『西讃府志』）とあることや、西讃には、天太玉命を祭神とする式内社が二社もあることからも知れる。

秦氏と常世神（小さ子神信仰）、秦氏と月読命信仰、桂と秦氏、菅家と八月十五夜などの観月のこと、そして忌部氏と朝鮮渡来系氏族との関係（ことに秦氏とのそれ）――この点に関しては、(1)森重敏前掲書、大林太良（新撰日本古典文庫）『古語拾遺・高橋氏文』所収論文などにヒントがある――などについては、紙数の関係から別の機会に述べることとしたい。

（四）菅原の祖「土師氏」と古代伝承

菅原氏は曾祖父古人の代において、土師氏を改氏姓した氏族であった。土師氏の氏族伝承では、土師氏は天穂日命を祖とする野見宿祢の裔としている。野見宿祢には、例の埴輪起源伝説があり、これは、垂仁天皇の皇后日葉酢媛の葬礼に際しての伝説であった。菅原氏の名の由来ともなった、土師（菅原）氏の居住地は、『和名類聚抄』にいう、大和添下郡菅原郷と考えられ、垂仁天皇陵の所在地で、近くには、伝日葉酢媛陵（佐紀陵山古墳）と称している古墳がある（坂本太郎）。

日葉酢媛は、丹波五女の一人で、丹後の豪族の娘丹波河上之摩須郎女と四道将軍の一人丹波道主命との間に生まれた子である。その子に、景行天皇、倭姫命のいることは言うまでもなく、そして、このことは注目すべきことである。大和の佐保地方は垂仁天皇を支えた勢力の拠点であり、丹後（又は、以前の丹波）の勢力とも縁の深い土地であったと考えられる。田道間守が常世国へ「非時香実」をとりに行ったのも、垂仁天皇のためであった。この垂仁天皇の妃の一人に迦具夜比売命がいた。このことから、塚原鉄雄氏（『新修竹取物語別記』）の指摘された、かぐや姫の命名連関系図「竹取翁（讃岐の造麻呂）—讃岐氏—讃岐垂根王—迦具夜比売命—竹取物語のかぐや姫」を読みとることができる。讃岐垂根王とは、迦具夜比売命の叔父にあたる人であるが[2]、その先祖、祖父、曽祖父は、丹波大県主由碁理—丹波竹野比売、この父娘である。

丹波竹野比売は開化天皇の妃となった人で、丹後国の式内社竹野神社（斎宮（いつきのみや）神社）の祭神である。天照大神を祀った、巫女的な斎宮的存在であった比売である。このことは、丹後の羽衣伝説（真名井伝説・『丹後国風土記』逸文）が伝える豊宇賀能売命が、伊勢外宮の祭神として、天照大神の御食津神であったことと、祀られるものと祀るものとの関係構造を一にしている。そして、伊勢外宮に、丹後真名井原から豊受大神を遷祭することになったことには、忌部氏がかかわっていたとみられているのである（岡田精司・西原啓子）。

恩師坪倉利正先生（考古学）によると、竹野（斎宮）神社の神明山古墳と大和佐保の日葉酢媛陵とは、ともに前方後円墳であるが、前方部と後円部との境目のところに、めずらしいコブのような肩部分が存在するという共通性がある、という。このことは、両者に墳墓築造の担当土師氏の同族性が物語られているとも考えられる。

「雄略紀」十七年条に、朝夕の御膳（みけつもの）を盛るべき清器をたてまつらせた記事があり、摂津、山背、伊勢、丹波（丹後を含む）、但馬、因幡の土師部がこれにあたった、と語る。これらを贄土師部と称した。丹波の贄土師部は「天田郡土師郷」（『和名類聚抄』、現福知山市）に居住したと思われるが、平城京址出土の木簡の一つに「丹後国竹野郡間人郷土師部……」と見えることから、竹野郡にも土師氏がいたことが窺える。「間人」郷は今、タイザとよむが、もと「はしひと」であり、「土師人」の意であったと考えられる。

天田郡には「土師の天神さん」があり、菅公ゆかりの地とする伝承もある。天神信仰の由来伝承は全国各地にみられるものであろうが、ちなみに、丹後でも、加悦の天満宮の起源を丹波道主命の四十一代孫細目道春、その子倉彦が道真に仕えていたことからと伝え（『加悦町誌』）、中郡の五箇村誌は、同様の話を、寺田六助というものが道真に仕えていたことから、道真に梅花石をもらってきて天神さんを創祠したと伝えている。五箇は、羽衣伝説の舞台の地で、丹波道主命が国府を設いたと伝える地であり、船岡神社地などは、土師土器、祝部土器（陶器のことか）を出土していると書かれ、赤い良質の粘土の露出している所と説明されている。

讃岐の式内社神野神社は、菅原氏の祖天穂日命を祭神とする（「神社名鑑」）が、一説に、伊賀古夜姫命とするものがある。なお、『神祇志料』は社伝に云うとして「昔、万濃池の辺、天真井あり、即、美豆波乃売命を祀り……」と記している。伊賀古夜比売は、山城加茂社の賀茂建角身命と結婚する（『山城国風土記』逸文）、丹波の神野神社の祭神であるが、このことを「本朝月令」は、秦氏本系帳から引いている。ここにも秦氏との関係を窺うことができる。

（五）道真と「竹」

道真と竹との関係は、以上みた讃岐国を舞台とする諸事にとどまるものではない。彼の残した『菅家文草』（以下すべて岩波日本古典文学大系本の訓読・頭注による）中の漢詩にみることができる。

讃州時代、都への郷愁にかられて、都の我が家宣風坊の庭にあった篁を詠んだものがある。

　三畝の琅玕　種ゑて筠有り（思家竹）

注目すべきは彼の竹に抱いていた観念である。二、三の例を引いてみよう。

　　竹を紋にすること　古　稽ふべし

　　　　　　　　　　　　　　　　（賦二得詠レ青）

「紋竹」とは「緑竹が青々としていたのに、舜を失って娥皇・女英の二妃が涙をこぼしたので、竹が斑の紋の竹に変じた」という故事による。ちなみに、チベット現存の昔話「斑竹姑娘」は、『竹取物語』の原拠と深い関係があろうとする最近の指摘がある（伊藤清司氏外）。

　此の君は何れの処の種ぞ（疎竹）

「此の君」は、竹の異名。晋の王子猷の故事による。この詩の末句に「貞心我早知」とあり、一篁の竹に「貞堅の心」をみている。このことは、「万歳　貞堅を表しなむ（竹）」「貞心　露は結ぶとも　竹はなほし含めり（九日後朝同賦秋深）」などにもみられることで、竹林の七賢人を志向するとともに、道真の、竹に抱いていた観念の中核を窺うに重要である。貞堅の心は、『竹取物語』に語り込まれている精神の基調に通うものであった。道真の思想的バックボーンに「貞心」をみ、「貞心」「貞―」の語を探索した論文に青木香代子「文人菅原道真論」（『女子大国文』第五十号）がある。狭穂姫が丹波五女を垂仁天皇に推賞したのは、その「貞潔」にあったとしている。

（六）余滴

大伴御行の遭難記に照応する文献として、紀長谷雄作者説では、『紀家集』に「東大寺僧正真済伝」のあることから、承和九年の真済の遭難を、この場面描写の原拠とみているが、古来の説は、菅原梶成の「伝」をモデルとしているとみている。道真が作者だとすれば、同族の伝承として梶成伝を最も身近に有していたことになることは充分考慮するに価することとなる。

土師氏出自の土師真妹は、高野乙継に嫁ぎ高野新笠（桓武天皇の母）を生んでいるが、ここに土師氏と、『竹取物語』に登場する「高野のおほくに」の高野氏との関係を窺うことができようか。日葉酢媛の同腹の妹に「竹野媛」があった。丹波五女の一人である。垂仁天皇の妃となったが、「唯し竹野媛のみは、形姿醜きに因りて、本土に」返された。そして、山城国乙訓郡の地に自死したと、「垂仁紀」は伝える。そこは高野新笠の墓のあるところであり、土師氏から出た大枝（後、大江）氏の本貫地であったことは注目してよい。

『竹取物語』作者圏に菅原道真を置く時、尤も疑点がないではない。一つは、道真の母が（大）伴氏出自であること。一つは、壬申の乱において、土師氏のものが天武側について功績をあげていること。前者については、五人の貴公子の中で、大伴御行の「かぐや姫」に対する反応に多少異質なものがみられることにかかわることか。後者については、近江朝側についた土師氏もあり、又その後における土師氏が多数の官人を出しているにもかかわらず、必ずしも高い位階にのぼることがなく、大部分が下級官人として一生を終わった（直木孝次郎氏）ことからみて、問題とすることもないか。むしろ、土師氏改めて菅原、大枝（大江）、秋篠などの氏名を許されたことが、桓武天皇の力によったものであったことからすると、それまでの天武帝の流れをくむ天皇系譜から、天智帝系譜に発する桓武天皇以後の天皇系という対立をみるとき、菅原氏が天武帝系譜に抱いていたものが想像され、『竹取物語』における五人の貴公子のモデル問題についても、うなずけるものが感じられもするのである。

注

（1）本書「〈探究ノート2〉『竹取物語』の月と姮娥伝説」参照。

（2）本書三九頁の「垂仁天皇の系譜」参照。

〔参考〕

竹野媛と丹波の五女

都の文献『古事記』『日本書紀』に、中央の王権と婚姻関係を結んだ丹後（当時は丹波）出自の娘たちが登場する。しかも「記紀」において、中央の王権が大和国（奈良）以外の地方の勢力と姻戚関係を結んだ、最初の例であることが注目され、伝承ながら古代史における重要な事情を物語っていると捉えていいであろう。

「記」によると、第九代の開化天皇が旦波の大県主由碁理の女「竹野比売」を娶り、比古由牟須美命を生んだとある。「紀」では、「丹波竹野媛」とし、産んだ子を彦湯産隅命とする。「竹野」は姫の生育地が竹野郡竹野郷（京丹後市丹後町）であったことによると思われ、大県主由碁理もそこを拠点とした地方豪族であったと考えられる。これを最初として、次いで第十一代の垂仁天皇に嫁いだ姫たちがいる。

「記」によると、垂仁天皇は、丹波比古多々須美知能宇斯王の娘たち、比婆須比売命、弟比売命、歌凝比売命、円野比売命の四姉妹を都に呼び寄せ、前の二人は妃としてとどめたが、後の二人は、はなはだ醜いゆえに丹波に帰らせた。円野比売命はこのことをとても恥じて、帰路の相楽（相楽郡）の地では木に首をつって死のうとし、弟国（乙訓郡）では深い淵に身を投げて死んだという。なお、姉妹の名や数には異伝があるが、原型は兄比売、弟比売の二姉妹であったと思われ、兄比売が比婆須比売命に当たる。

「紀」では「丹波の五女」とあって、その名も「記」とは異なっている。日葉酢媛、渟葉田瓊入媛、真砥野媛、薊瓊入媛、竹野媛の五人である。最後の竹野媛は、「記」の二人と同様に、形姿が

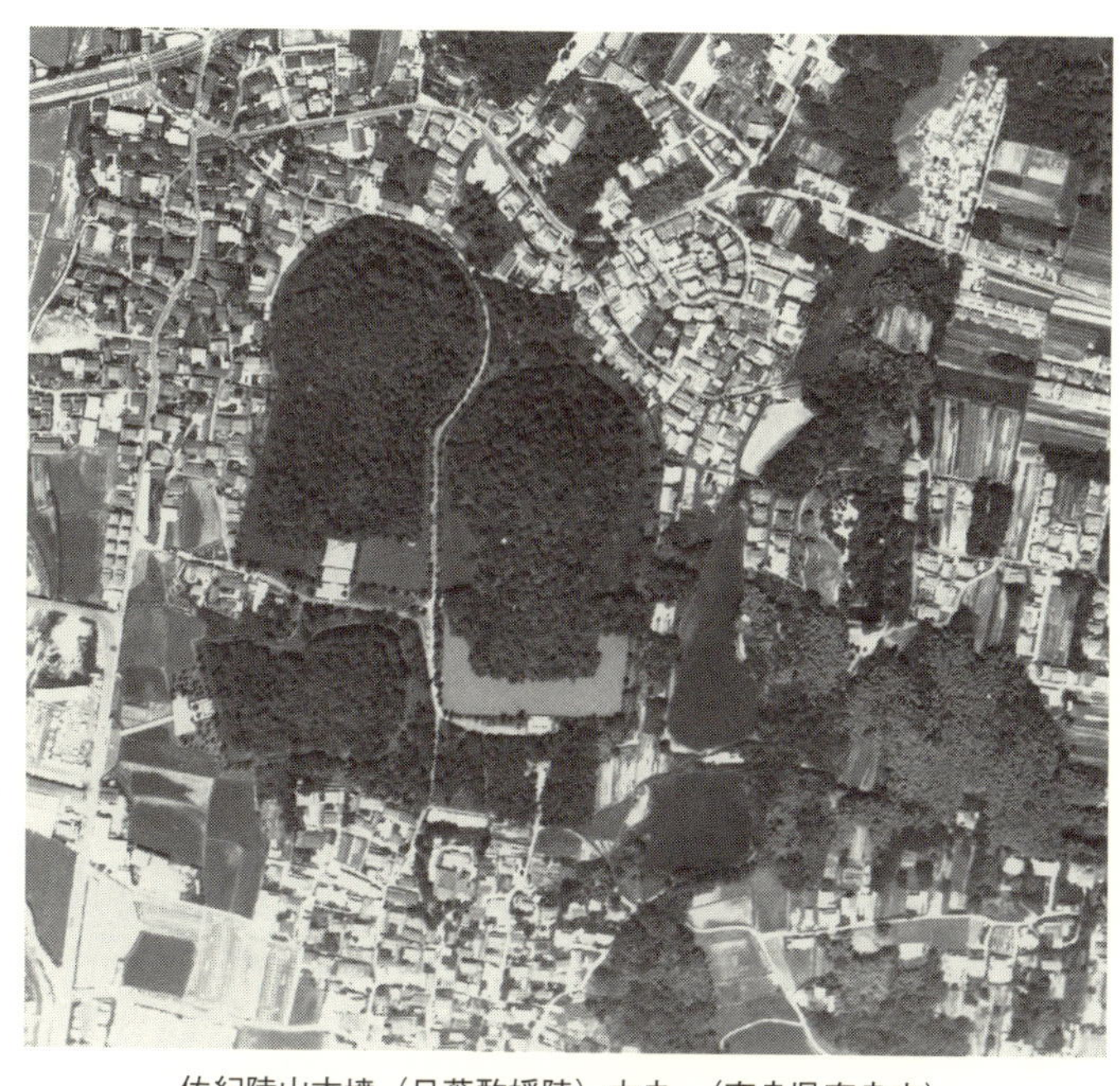

佐紀陵山古墳（日葉酢媛陵）中央。（奈良県奈良市）
（奈良県立橿原考古学研究所提供）

醜いために丹波に戻されることになり、帰路の葛野（かどの）（現京都市）で輿（こし）から自ら堕ちて死ぬ。これも「堕国—弟国（乙訓）」の地名起源譚になっている。

京丹後市丹後町宮の式内社竹野（たかの）神社（九五頁参照）は、「いつきさん」と呼ばれるが、開化天皇の妃であった竹野媛が年老いて竹野に帰り、天照大神を斎（いつ）き祀ったことによると伝えられている。竹野媛自体も、開化天皇の王子である、彦坐王（ひこいますおう）や建豊波豆良和気（たけとよはづらわけ）の二柱とともに摂社に祀られている。

「丹波の五女」は、丹波道主命（たにわのみちぬしのみこと）と河上摩須郎女（かわかみますのいらつめ）との間に生まれた姫たちで、中でも日葉酢媛は、「記紀」によると、垂仁天皇との間に倭姫命や景行天皇等を産んでいる。

　日葉酢媛の陵墓と伝える前方後円墳（佐紀陵山古墳）が大和の佐紀盾列古墳群にある。「紀」によると、垂仁天皇が出雲国から呼び寄せた野見宿禰（当麻蹶速と日本で最初の相撲を取ったという伝承や古墳の築造など葬送儀礼に携わった土師氏の祖として知られる）に相談して、近習の者を生き埋めにして殉死させるのを悲しんで、代わりに人や馬の埴輪を造って土部等に埋葬させた最初の陵墓である、という埴輪伝説がある。また、この大和の佐紀陵山古墳と丹後の銚子山古墳（京丹後市網野町）とは、築造企画が類似するという指摘もある。

〔参考〕

丹波（丹後）の語り部

　伝承・語りにはそれを語り継ぐ人たちがいた。それを「語り部」というが、様々なケースが存在する。誰がどのように言い継ぎ、語り継いできたのか。残された伝承の本質に迫るには、語り伝えた語り部を想像することが重要だと考える。

　まず、民間伝承の昔話・民話には各地に語り部がいる、あるいはいた。古代において翁媼によって語り継がれた語りに、その流れをさかのぼることができる。『続日本紀』によると、「風土記」編述に関する宣命の中に、「古老相伝、旧聞異事」を報告するようにという一項があった。もっとも、神話同様、伝説が特定の「今」の由来を語るものであるのに対して、民話・昔話は、「昔々」「ある所に」と時や場所を特定せず、「おじいさんとおばあさん」などと人物も特定しない。しかも一定の話の型を持っていて、教訓性があり、全国各地に共通した語りが広まっていることが多い。

次に、全国を歩き巡った巫女・比丘尼・熊野比丘尼・芸能巫女などが各地を訪れ、土地土地に見合った話として語った伝承がある。小町・八百比丘尼・静御前などの伝承はそれに該当するだろう。語り手が「まれびと」（稀人・客人）として扱われた場合もあるが、それはたまたま村との関係の中で生まれたものである。一遍上人のような時宗僧、修験者（山伏）などの遊行聖、さらに門付けなどの芸能者、木地師（きじし）なども各地に語りを落としていった語り部である。遊行聖の中には比丘尼と夫婦の二人づれの語り手も考えられるだろう。同類、あるいはよく似た型の話が各地で語られていて、それぞれの土地で伝説化していることが多い。

さて三つ目として、ここでは職掌としての「語部（かたりべ）」に注目してみたい。新しい天皇が即位して最初の新嘗祭（にいなめさい）は、践祚大嘗祭（せんそだいじょうさい）と呼ばれる祭儀となる。『延喜式』神祇七には、その折七ヶ国から招集される語部が参加したが、国別に何名が招集されたか、人数が記されている。それによると丹後からは二名が参加した。ちなみに美濃が一番多く八名、ついで但馬が七名で、丹波は二名となっている。井上辰雄『古代王権と語部』が各国の語部の実態を推定している。これを参照しつつ、丹後の古代において様々な伝承を語り継いでいたのは、どういう人々であったのか、推測してみよう。

竹野郡鳥取郷は、鳥取造（とっとりのみやつこ）の配下にあった部民の鳥取部の居住地であった可能性が高い。『日本書紀』垂仁紀には、皇后佐保比売（さほひめ）が火中に産んだ「ホムツワケ（記では、本牟智和気）」は長じても言葉を発しなかったが、「鵠（くぐい）」（白鳥）を見て声を発したことから、「天湯河板挙（あめのゆかわたな）」（記では、山辺の大鶚（おおたか）（鷹））を鳥捕獲のために遣わしたところ、

早尾神社（京丹後市網野町網野）網野神社境内社
天湯河板挙を祭神とする
（京丹後市教育委員会提供）

出雲（一説に但馬）で捕獲した。そこで、天湯河板挙は鳥取連、鳥取造の祖となったという。天湯河板挙を神として祀る神社も丹後にはいくつかあり（早尾神社もその一つ）、鳥取郷にはこの伝承を伝える部民がいたものと考えられる。丹後の語部であったであろう。

近隣には、穀霊神・豊宇賀能売命（とようかのめのみこと）を祀る奈具神社（弥栄町船木）がある。その由来は『丹後国風土記』逸文が語る神話「羽衣伝承」であり、八天女の「真名井」伝承を管理する語部も存在していたはずである。さらに、始祖伝説として「浦嶋子伝承」を語り継いだ海人族・日下部氏や丹波（たにわ）の大県主（おおあがたぬし）由碁理（ゆごり）に関わる系譜伝承——大和政権との婚姻伝承を語り継いだ語部、また、土師（はじ）氏など葬送儀礼に関わって神話の伝承を語っていた「語り」の部民もいたことであろう。丹後の語部の存在に関しては、特に竹野郡が重要な舞台であったと考えられる。

初出一覧

〈本編〉

（原題）かぐや姫と道真　「京都新聞」（1〜37、朝刊二〇〇一年九月〜二〇〇二年五月）

〔参考〕龍谷大学図書館蔵本・奈良絵本『竹取物語』解題

龍谷大学善本叢書22『奈良絵本』（責任編集糸井通浩・全2冊、思文閣出版、二〇〇二年）

〈探究ノート〉

1　系譜論と機能論と　『解釈と鑑賞』（至文堂、昭和五十四年十一月号）

2　（原題）竹取物語の月と姮娥伝説—古代伝承ノート4

『愛文』第14号（愛媛大学、昭和五十三年七月）

3　伏見稲荷の神々と丹後の神々　『朱』第47号（伏見稲荷大社、二〇〇四年）

〔参考〕丹後の式内社と祭神

（京丹後市史資料編『京丹後市の伝承・方言』京丹後市、二〇一二年）

4　（原題）古代伝承ノート—真名井の道「間人」地名考

『愛文』第11号（愛媛大学、昭和五十年十月）

〔参考〕羽衣天女

（京丹後市史資料編『京丹後市の伝承・方言』京丹後市、二〇一二年）

〔参考〕丹後半島、西から東へ
（京丹後市史資料編『京丹後市の伝承・方言』京丹後市、二〇一二年）

5 地名「間人」について―『はし』という語を中心に
（『地名探究』創刊号・京都地名研究会、二〇〇三年）
〔参考〕間人皇后
（京丹後市史資料編『京丹後市の伝承・方言』京丹後市、二〇一二年）

6 （原題）竹取物語作者圏と菅原道真―古代伝承ノート3
『愛文』第13号（愛媛大学、昭和五十二年十月）
〔参考〕竹野媛と丹波の五女
（京丹後市史資料編『京丹後市の伝承・方言』京丹後市、二〇一二年）
〔参考〕丹波（丹後）の語り部
（京丹後市史資料編『京丹後市の伝承・方言』京丹後市、二〇一二年）

あとがき

『竹取物語』は、「国民文学」と言うにふさわしく、日本人にはもっとも親しまれてきた物語で、今でも幼児の絵本にはじまり、中学、高校の古典への入門期では欠かせない教材である。戦時下(一九四三—四年)、遺書のつもりで書き上げ友人に託して出征した加藤道夫の戯曲『なよたけ』は、戦後早々に上演され話題を呼んだ。作品の扉で加藤は「竹取物語はかうして生まれたのです。そしてその作者は石ノ上ノ文麻呂と云ふ人です」と語る。文麻呂という主人公がかぐや姫への「恋」を語ると言った作品である。また、近年ではジブリ作品のアニメとして、高畑勲監督の「かぐや姫の物語」の墨筆タッチの描線で描かれたファンタジックな動画の世界が話題を呼び、人々の郷愁をかき立てたことは記憶に新しい。

この日本人なら誰もが知っているという『竹取物語』だが、作者は不明とされてきた。それ故、作者を想定し探究するというのも「竹取ロマン」の一つであったと言えよう。

さて、筆者が菅原道真作者説を構想する上で幸いなことに、筆者はそれなりの環境に生活空間を得ていたと言えるのである。一つは、平安京以来日本文化の中心に永年あった京都、その嵐山に生まれ、京都の大学に学び京都で教員生活を長く続けられたこと。一つは、小学校から高校までは、丹後出身の両親のもと丹後で育ち、丹後を故郷として丹後の郷土史や伝承に関心を持つことができたこと。一つは大学の教員としての勤め、つまり本格的に研究者としての道を歩みはじめたのが愛媛大学（松山市）で、近隣の讃岐・高松は身近な存在であったこと。この「都（京・大和）―丹後―讃岐」、の三角形、さらに「丹後―伊勢（神宮）」を加えた四角形の繋がりを形成する媒体こそ、『竹取物語』という作品世界であり、「菅原道真」という平安前期の貴族であった。

その上、研究環境の影響も大きかったと思い起こす。郷里丹後の母校で教員をした後、京都教育大学附属高校に勤務したが、教員仲間と勉強会（「ときじく談話会」と称した。「橘の実」のデザインが校章であった）をもった。その会で筆者は丹後の田道間守（たじまもり）の橘伝承と丹後の古代伝承に関して私見を披露したが、それを後にまとめたのが本書〈探究ノート4〉として再録したものであった。これを「京都新聞」（昭和五十年十二月）が大きく取り上げてくれたことが契機となって、丹後で菅原道真と『竹取物語』の関わりについて講演を幾つかすることにもなって、道真作者説を練り上げていくことになったのである。

なんと言っても学んだ大学の学風の影響が大きい。東京大学では「国語（学）」と「国文学」とを棲み分けするが、京都大学では両分野は「国語国文」と一体的なところがあり、江戸の国学を受け継いでいるとも言える。それは、吉澤、澤瀉、遠藤（嘉）、塚原、渡辺（実）、浅見（徹）、川端（善）、秋本等々の諸先生方や諸先輩の学風であり、なかでも特に大きな影響を受けることにもなったのだが、恩師の阪倉篤義先生と大先輩の森重敏氏で、お二人はそうした学風の典型的な学者であった。両先生の学風全体に私は心髄していたことは言うまでもないが、特にここでは本書に関わる『竹取物語』論において、沢山のことを両先生から学び、刺戟されたことによってさらにその先へと発想を広めることが、私の「道真作者説」を誘引したと言って過言ではないのである。さらに学恩をこうむっている大先輩塚原鉄雄氏には、私には幻の名著であった『新修竹取物語別記』（白楊社、一九五三年）をご恵与たまわったことは忘れられない。

筆者は、国語学（日本語学）側に利き足を置きながらも—大学でのポストは国語学の教員としてであった—、もう一方の足は国文学（主に古典）側に突っ込んでいた。臆面もなくそういうスタンスで研究者として過ごしてきたのも、以上にみた「学風」に染まっていたからであろう。その意味でも、「文学は言語である」という時枝誠記の言語観、並びに言語理論に見せられることにもなったのだと言えよう。

以上のスタンスに立って書いた論文を編集して、一つは『古代文学言語の研究』と銘打って、さらにはもう一歩国語学的立場に立って書いた論文を集めた『「語り」言説の研究』を、いずれも和泉書院・廣橋研三氏のもと刊行して頂いたのだが、この度の本書も廣橋氏の陣頭指揮のもと、出版にこぎ着けて頂いた、重ね重ね感謝申し上げたい。

ある意味私にとってはもっとも愛着のある出版となったものと言える。世の中に広く私の考えを問うてみたいと最も望んでいた課題の一つであったからである。

平成三十年十月十日

糸井通浩

著者略歴

糸井　通浩（いとい・みちひろ）

1938年京都・嵯峨の生まれ。小・中・高時代、丹後（現京丹後市）で育つ。

1961年京都大学文学部卒。日本語学・日本古典文学専攻。

国公立の高校教員（国語）、愛媛大学助教授を経て、京都教育大学・龍谷大学名誉教授。

この間、在北京日本学研究センター客員教授、京都教育大学附属幼稚園園長、表現学会代表理事、京丹後市史編纂委員、京都地名研究会事務局・副会長など歴任。

主な共編著：『小倉百人一首の言語空間—和歌表現史論の構想』、『物語の方法—語りの意味論』、『日本語表現学を学ぶ人のために』（以上、世界思想社）、『王朝物語のしぐさとことば』（清文堂出版）、『京都学の企て』、『京都学を楽しむ』『京都の地名　検証』（以上、勉誠出版）、『京都地名語源辞典』、『地名が語る京都の歴史』（以上、東京堂出版）ほか。

主な専著：『古代文学言語の研究』、『「語り」言説の研究』（以上、和泉書院）、『日本語論の構築』、『古代地名の研究事始め』（以上、清文堂出版）、随想集『谷間の想像力』（清文堂出版）ほか。

かぐや姫と菅原道真—私の「竹取物語」論　　和泉選書188

2019年6月10日　初版第一刷発行

著　者　糸井通浩

発行者　廣橋研三

発行所　和泉書院

〒543-0037　大阪市天王寺区上之宮町7-6

電話06-6771-1467／振替00970-8-15043

印刷・製本　亜細亜印刷

装訂　上野かおる

ISBN978-4-7576-0908-2　C1395　定価はカバーに表示